私は思わず、
クラウスの顔から視線を外した。
「俺は君を泣かせてばかりいるな」
「私も……泣くとは思いませんでした」

アビゲイル・スタンフォード
クラウス・シュトラウス・アスガル

王妃イライザ
レオナルド・バルト・ムーティヒ

Contents

［著］――柏てん
［Illust.］――カズアキ
婚約破棄の十八年後
~不遇の娘は
冷血公爵の心を溶かす~

プロローグ

部屋の中には、なんともいえない臭いが立ち込めていた。

毎日綺麗《きれい》にその体を拭《ぬぐ》っているというのに、漂う臭気。不快というよりも、物悲しいその香り。

「アビゲイル……」

か細い声に呼ばれ、私ははっと振り返る。

一日のほとんどを眠って過ごしている祖父が、こちらに手を伸ばしていた。

医者にはもう、残り時間は少ないと言われている。

かすかに手招きするその手に、私は慌《あわ》てて寝台に駆け寄る。

「おじい様！」

私は迷っていた。昏睡《こんすい》状態にあった祖父がようやく意識を取り戻したのだ。本来なら一刻も早く父や母を呼びにいくべきなのだろうが、今この場を離れることは躊躇《ためら》われた。

シワだらけの痩《や》せた手を握り、ベッドの前に膝《ひざ》をつく。

祖父は必死に、何かを伝えようとしていた。

没落した伯爵家の当主。

善良な祖父に寄り添っているのが自分だけという事実が、私にはひどく悲しく感じられた。

「悪魔がくる……悪魔がくるぞ」

老いてベッドから起き上がれなくなると、幻覚でも見るのか祖父は悪魔について語るようになった。悪魔など、おとぎ話の中にしか存在しないというのに。

怯《おび》えた祖父は私の存在を確かめるように手を握ると、しわがれた声で言った。

「おお……わしの可愛《かわい》いアビゲイル。お前は……お前は……」

落ち窪《くぼ》んだ祖父の目から、透明な雫《しずく》が滑り落ちる。まるで命ごと、零《こぼ》れ落ちていくかのように。

「今すぐお父様を！」

心を決めて部屋を出ようとする私の手を、祖父はものすごい力で握った。

「ああアビゲイル、お前さえ――」

第一章　卑しい伯爵家の娘

「――っは！」

飛び起きると、見慣れた寝台の上だった。

窓の外はまだ暗い。部屋の中は真っ暗闇《くらやみ》だ。響くのは荒い息遣いだけ。

私は寒気を覚え、無意識に自分の体を掻《か》き抱いた。

全身を流れ落ちる汗。季節は初夏に差し掛かろうというのに、寒くてたまらない。

今も耳に、祖父の間際の声が響いている。

あの時のことは、誰にも話していない。死ぬまで誰に言う気もない。

呼吸が落ち着くと、起床時間には早いがもう起きることにした。またあの悪夢を見るかと思うと、恐ろしくてとてもではないが眠る気にはならなかったのだ。

朝食の用意を終えて掃除をしている最中に、来客があった。

大きな羽根飾りの帽子をまるで雄鶏《おんどり》の鶏冠《とさか》のように揺らしながら、やってきたのは伯母だった。

隣には荷物持ちとして従兄《いとこ》のギルバートの姿もある。

私はため息をついた。今日中に屋敷の西翼《せいよく》の掃除を終わらせてしまいたかったのだが、伯母が来てはそれも叶うまい。

諦《あきら》めて迎えに出ると、伯母とギルバートは私の格好を見て蔑《さげす》むように鼻を鳴らした。

「嘆かわしい。スタンフォード伯爵家の娘がなんて格好をしているの」

今の私は、汚れてもいいように着古したエプロンドレスを纏《まと》っていた。何度も洗濯したせいで色が抜け、落ちない汚れと混じり合い薄灰色《うすはいいろ》といってもいいような代物《しろもの》だ。

全身隙《すき》なく着飾っている伯母からすれば、貧相に見えてしまうのも仕方のないことだ。

そして彼女は一通りいつもと代わり映えのしないお小言を並べると、最後の決まり文句とでもいうべき言葉を叫んだ。

「いいことアビゲイル。今度こそ絶対に結婚してもらいますからね！」

その勢いは凄《すさ》まじく、唾《つば》を飛ばして熱弁を振るっている。

普段マナーにあれほどうるさいというのに、唾を飛ばすのはマナー違反にあたらないのだろうか。

いや、内心では こんな屁理屈《へりくつ》をこねているが、伯母の激高の理由は私にも分かっている。

お見合い話を先方から断られること九回。

次また断られたら、晴れてお見合い失敗回数が二桁《けた》になる。

何よりも家格を大事にしている伯母は、この不出来な姪《めい》がこれ以上実家の名に泥を塗ることを危《き》惧《ぐ》しているのだ。

だが名といっても、私の家はそんな大層なものではない。

少なくとも現在では。

一応伯爵位を有しているものの、私の曽祖父の代で貴族法が変わり、貴族は自《みずか》らの手で稼がなければならなくなった。金を稼いだことなどない貴族の多くは没落し、我が家もその例に漏れなかった。

おかげで今や食べる物にも事欠く有様だ。

使用人もおらず、家事のほぼすべてを私が担《にな》っている状態だった。

「だから俺が貰《もら》ってやるって」

軽口を叩くのは、従兄のギルバートだ。

伯母が嫁《とつ》いだ豪商の一人息子で、親類でなければ決して関わり合いになりたくない類《たぐい》の人間だ。

「ギルバートも冗談はやめてちょうだい！　それじゃあこのスタンフォード家はどうなるのっ」

現在スタンフォード伯爵家の直系で、結婚していないのは私一人。

伯母は私を由緒正しく貧窮《ひんきゅう》してもいない高位貴族に嫁がせて、実家であるスタンフォード家を再興させたいのだ。

彼女の夫は妻の実家が再興するための費用を出し渋っており、私の結婚の際には同じ轍《てつ》は踏ませないと固く誓っているらしい。

もっとも、実家を想う伯母の気持ちは本物であり、なおかつギルバートと結婚することなど死んでもごめんなので、伯母の考え方は私にとっても好都合なのだが。

だが彼女には、それだけでは補いきれない悪癖があった。

それは私の名を騙《かた》って有名貴族の子息に、恋文やら美化しまくった私の姿絵を勝手に送り付けるという悪癖だ。

この悪癖のせいで、今や私の社交界での評判は最低最悪である。

見栄っ張りの没落令嬢。結婚相手を騙《だま》して大金をせしめようとする悪女。

そんなことなど知らず、初めてした見合いでは本当にひどい目に遭《あ》った。姿絵と全く違うと詰《なじ》られ、よくも騙してくれたなと大いに罵倒《ばとう》された。

まだ十五歳の時のことだ。

今ほど物事を諦めきれていなかった私は、その出来事にひどく傷ついた。

そしてあの時から、私は見合いに一切の期待をしなくなった。

かつてはこの苦境から抜け出せるかもしれないと夢見たこともあったが、そんなことありはしないのだとよくよく思い知らされた出来事だった。

「まあまあ姉さん。あまり興奮しては体に障《さわ》るよ」

そう声をかけたのは、父のモーリスだ。

いつからいたのだろう。

生来気弱な性質《たち》の父は、今の今まで自分に非難の矢が飛んでこないよう、見事に存在感を消していたらしい。

そうすることがこの姉をやり過ごす最上のやり方だと、幼い頃から心得ているのだろう。

「うるっさいわね！　そもそもあんたが真実の愛とやらに目覚めなければ、こんなことにはならなかったのよ」

そう言って、伯母は父の隣でこれまた小さくなっていた母を睨《にら》みつけた。

真実の愛。

それは我がスタンフォード家において禁句とも言える文言《もんごん》だ。その一言が、家の運命を大きく変えてしまった。

老けてもなおあどけなさの残る母は、伯爵家以上に貧窮する男爵家の生まれだった。

貴族の子女が通う上級学校にて出会った両親は、そこで運命的な恋に落ちたのだそうだ。

祖父の伝手《つて》で公爵家から妻を娶《めと》るはずだった父は、上級学校の卒業パーティーの最中にあろうことか、婚約者との婚約を破棄し公衆の面前で母にプロポーズしたという。

今なお語り継がれる愚《おろ》か者の物語だ。

そして更に悪いことに、母のお腹《なか》にはその時既《すで》に私がいた。

当然相手方の公爵家は激怒。

結婚と共に予定されていた援助も立ち消えとなった。

それどころか公爵家に連なる貴族からも次々親交を断たれ、スタンフォード家は社交界でもすっかり孤立してしまったのだそうだ。

ゆえに、人格者で知られた祖父の死に際は孤独なものだった。彼は家を案じつつひっそりと息を引き取った。

当時の私は、自分がどんな状況で生まれたかなど何も知らなかった。

そして祖父の死に動揺する私の耳に、使用人が囁《ささや》いたのだ。私は両親の不義の末に生まれたのだと。

私さえいなければ、この家はこれほど零落《れいらく》することはなかっただろう。

母は己と見合った相手と結婚し、父も予定通り公爵家の娘と結婚したはずだ。

事情を知った私は、両親を激しく恨んだ。

だが憎み切ることもできなかった。祖父が亡くなった後、両親だけが私の家族といえる存在だった。私に家を捨てるほどの勇気はなく、この世のすべてが理不尽なものだと諦めてもいた。

そして分かったのだ。

伯母の言う通りにすることが、二人の罪の証《あかし》である私にできるせめてもの償《つぐな》いなのだと。

伯母は黙りこくる私を一瞥《いちべつ》すると、ため息をついてこう言った。

「アスガル公爵が、あなたに会うと」

そう言って一通の手紙をテーブルの上に滑らせた。

伯母以外その場にいた全員の顔色が変わる。

「姉さん！　それは……っ」

動揺する父の言葉など意に介さず、伯母は勢いよく言った。

「何を言われても、決して逆らわぬよう。公爵さえ赦《ゆる》してくだされば、あなたと結婚してもいいという貴族が現れるかもしれない。いい？　両親の罪はあなたが雪《すす》ぐのよ」

そう言って、伯母は肩を怒らせて去っていった。

置いてきぼりにされたギルバートが、慌ててその後を追う。

私はテーブルに残された手紙を静かに見下ろした。

封筒に捺《お》された封蠟《ふうろう》は山羊《やぎ》の角を持つ獣《けもの》の紋章。それこそ、父が一方的に婚約を破棄したアスガル公爵家の紋章だった。


手紙には簡潔に時刻と場所が綴《つづ》られていた。

伯母と公爵の間にどんなやり取りがあったのかは分からないが、こうなっては直接行ってあちらの意向を確かめるほかない。伯母に尋ねたところで、これ以上情報が引き出せるとも思えない。

一方両親はといえば、朝に伯母から公爵の名を耳にして以来どちらもひどい顔色でふさぎ込んでいる。

それだけ、婚約破棄によって負った爪痕《つめあと》は大きいということなのだろうか。

婚約者を裏切ったのは自分たちの方なのに、どうして被害者のような顔ができるのか理解に苦しむけれど。

私はふと思い立って、両親を試すことにした。

それはこの公爵家からの呼び出しに際し、彼らが私に過去の事情を正直に話すだろうかということだ。

古参の使用人からの話によって過去の出来事を知ることになった私だが、両親とは一度もその話をしたことがない。

ゆえに彼らは私が何も知らないと思っているはずだ。

近く公爵家へ赴《おもむ》かなければいけない私に対し、かつての事情をどんな風に語るのだろうと、気になったのだ。

今のところ、行けとも行くなとも言われてない。

両親はただうつうつと二人の世界に閉じこもっていた。

そんな彼らの様子を見つつ、私はいつものように家事をして過ごした。最後の使用人が去っていったのはもう五年以上前の話だ。

根っからの貴族である両親に家事は難しく、私がしなければこの家はたちまち荒れ果ててしまう。といっても子供が見よう見まねでしていることだから、とっくに荒れ果てていると言えないこともないのだが。

時折、両親はおとぎ話の中に住んでいるのではと思う時がある。

使用人が一人もいなくなった後も、彼らは貴族としての生活を改めようとはしなかった。

何もせずとも食事が出てきて、いつの間にか家の中が綺麗《きれい》になっていると思っているのだ。

当時の私は過去の出来事を知ったばかりで、自分のせいでこうなったのだという罪悪感から進んで家事をしていた。

それがそのまま現在に至っているというわけだ。

なのでダンスなどの貴族のたしなみはからきしだが、料理や掃除洗濯といった雑事に関して少々自信がある。

我ながら全く貴族らしくない特技だが。

そうこうしている間に指定された期日がやってきた。

結局両親が過去の汚点を私に話すことはなかった。耳を塞《ふさ》いで目を瞑《つむ》り、口を閉じていればいつか災《わざわ》いは去るとでも思っているのかもしれない。

私は再びこの家に戻ってこれるだろうかと、古ぼけた屋敷を見上げながら思った。

両親は朝から言葉少なで、ともすれば早く出て行ってほしいと思っているようにすら感じられる態度だ。

彼らにとって私は、目に見える罪の証なのかもしれない。

「いってらっしゃい」

「どうか……気を付けて」

「はい。いってまいります」

馬車などとうの昔に売り払ってしまったため、乗合馬車に乗るべく私は徒歩で家を出た。

伯母の指示のもと、せめてきちんとした身なりをしろということで、服はかつて母が着ていたという時代遅れのドレスを纏っている。

自分は着飾るくせにこういう時の衣装を用立ててはくれない。

その割に私の偽《にせ》の似姿を描かせる金はあるのだなと、少し呆《あき》れてしまう。

それにしても見合いのたびについてきてなにもかも滅茶苦茶《めちゃくちゃ》にする伯母だが、今回ばかりは恐ろしいのか今日は一人で行くようにと言い含められていた。

古いドレスにすっぴんという垢《あか》ぬけない姿の私を、道行く人は奇妙なもののように見ていた。多分私が逆の立場でも同じ顔をしただろう。

だがこの姿には多少の打算もあった。見た目が哀れであればあるほど、もしかしたら公爵の同情が買えるかもしれないと思ったのだ。

両親の行いを赦してほしいとは言わない。

だがせめて、私の姿を見て溜飲《りゅういん》を下げてくれたら。

さもしい考えかもしれないが、そうすることによって実家の状況が少しでも良くなればと、私はそんな浅知恵を働かせていた。

もっともそんな事情がなくとも、この格好は今の私にできる精一杯の礼装なのだが。

朝早くに家を出て、公爵家にたどり着いたのはちょうど昼を過ぎた頃だった。

手紙に記された場所にあったのは門扉《もんぴ》に封蠟と同じ紋章を掲げる立派な邸宅で、街中にあるとは思えないような広大な庭に啞然《あぜん》としてしまった。

「お前、何者だ！」

私は門扉の前に立つ門番たちにすぐさま不審者と判断され、こちらから声をかける前に二本の槍《やり》の切っ先を向けられてしまった。

「申し訳ございません。本日は公爵閣下からのご指示で参りました。アビゲイルと申します」

震える手で伯母から預かった手紙を差し出すと、訝《いぶか》しげな顔をしつつ門番の片方が手紙をひったくっていく。

手紙の封蠟を目にした門番は顔色を変え、私への警戒を緩めることなく相方に槍を下ろさせた。

余程疑わしいのか、何度も手紙の封蠟に目を凝《こ》らしている。

「新しい奉公人か？　そんな話は聞いていないが」

自分の身分をどう説明していいか分からず、私は愛想笑いを浮かべた。

門番の男は不気味そうにこちらを見ている。

「まあいい。通れ」

手紙を返してもらい、私はどうにかこうにか門を通過した。

そこから続くのは左右に見事な庭園を見渡すことのできる一本道だ。馬車が出入りするためか道幅はかなり広い。

玄関にたどり着いた時、私は似たようなやり取りを繰り返すことになった。

玄関ホールにいたフットマンが門番と同じように封蠟を確かめている間、私は出入り口からのぞく公爵家の立派な内装に感嘆していた。

名ばかりの貴族である、荒れ果てた自宅とは全く違う。

塵《ちり》一つなく整えられ、まだ玄関だというのに高価そうな家財品がいくつも並べられている。

どう考えても私は場違いで、今すぐ追い出されても文句は言えないなとどこか他人事《ひとごと》のように考えていた。

「どうしましたか？」

そんな私たちに声をかけてきたのは、上級使用人と思《おぼ》しき老人だった。

頭髪こそ寂しくなっているものの立派な髭《ひげ》を蓄え、小さな丸眼鏡をかけている。胸ポケットからはさりげなく、懐中時計らしき銀の鎖がのびていた。

「ロビンさん。おかしな女がやってきたのですが、持っていた手紙が偽造したにしてはあまりに精巧でして」

どうやらフットマンは、頭から私が正当な客人のはずがないと思っている様子である。

もっとも、彼の思い込みは責められない。

私だってあまりにも場違いすぎて、伯母の言いつけがなければ今すぐ回れ右をして自宅に帰ってしまいたいくらいなのだ。

「ふむ」

老人は封筒に軽く目を落とすと、まっすぐに私を見た。

「失礼ですが、お名前をお伺いできますかな？」

「アビゲイル……アビゲイル・スタンフォードと申します」

私がそう口にした瞬間、老人は驚きに目を見開いた。

だがその表情は本当に一瞬のことで、まるで淡雪が溶けるように一瞬で消えてしまった。

そしてすぐさま冷静さを取り戻すと、何事もなかったように胸に手を当てて頭を下げた。

「これは失礼いたしました。スタンフォード家の方でしたか」

私を入れることを渋っていたフットマンも、慌てて老人に倣《なら》って頭を下げる。

「い、いえ……」

思わぬ反応に気圧《けお》されながらも、私は彼らの謝罪を受け入れた。

だが老人が顔を上げた瞬間、彼は決して味方ではないと思い知らされる。

綺麗に抑え込もうとして隠し切れなかった怒りの炎が、老人の眼鏡の向こうに確かに宿っていたからだ。

改めて、ここは敵地なのだと思い知らされる。

ロビンと呼ばれた老人に案内され、私は豪奢《ごうしゃ》な応接室に通された。

正直なところ、意外だった。

どこかに引き出されて罵《ののし》られたり、暴力を振るわれる可能性もあると覚悟していたからだ。

十八年前の出来事を知らないということはないだろう。なにせロビンの目には、相変わらず消しきれない怒りの色がある。

「知っているんですね」

思わず、その言葉が口をついた。

ロビンの肩がびくりと揺らいだのが分かった。

多分己の感情について、気づかれているとは思わなかったのだろう。

物心ついてからずっと、周囲の様子を窺《うかが》ってきた。だから他人の機微《きび》に聡《さと》い自覚はある。

一方で、先に対応してくれたフットマンはスタンフォードの名に反応しなかった。

知っているのは古参の人間だけなのかもしれない。

「……なんのことでしょう？」

どうやらロビンはとぼけるつもりのようだ。

別にそれでもよかった。

彼が知っていようが知らずにいようが、これから起こることは変わりない。

私はただいつものように、叱責《しっせき》され蔑まれるだけだ。

耐えていればいつかは終わりが来る。

「いえ、なんでもありません」

大人しくソファに座り、私を呼び出した人間が来るのを待つことにした。

ロビンは何とも言えない表情で去っていき、部屋には私一人が残された。

だがそれからいくら待っても、私を呼び出した人物がやってくることはなかった。

漫然と時間が過ぎていく。壁が厚いのか部屋の中はひどく静かで、私は拍子抜けしてしまった。

思えば日頃は家事に追われているので、こんなにのんびりするのは久しぶりだ。

辛いことが待っているにしても、このつかの間の休息はありがたい。

座っているソファはしっかりと綿が詰められていて柔らかい。うちの寝台よりよっぽど上等で、眠ってしまいたくなる。

途中で引きつった顔のメイドがお茶を運んできたけれど、それだけだ。またしても何もない時間が過ぎていく。

ちなみにせっかくのお茶も、私は口をつけることができなかった。作法が分からないので、何か失礼をしてはと危惧したのだ。

どれくらい待っただろうか。うつらうつらとしていたところに部屋の扉がノックされ、私は現実に引き戻された。

慌てて立ち上がると、ロビンと一緒に一人の男が部屋に入ってきたところだった。

年の頃は二十代半ばといったところか。艶《つや》のある黒髪に、宝石のような青い目をしている。男性にこんなことを思うのはおかしいのかもしれないが、とても綺麗な顔立ちをしていた。

けれど眉間《みけん》に刻まれた深い皺《しわ》と鋭い目つきのせいで、顔の秀麗さよりも険《けわ》しさの方が目立っている。

立派な身なりからして、おそらく彼は公爵家の人間だろう。

少しでも怒りを鎮めてくれればと、彼に向けて深く頭を下げた。

本当は優雅にスカートを摘《つま》んでお辞儀をしなければいけないのだろうが、やり方が分からない。

それくらい伯母に聞いてくればよかったと後悔した。

あとはただ、耐えるだけだ。

大丈夫、耐えることには慣れている。そう自分に言い聞かせる。

男は立ち止まり、じっとこちらを見ているようだった。

見えないから分からないけれど、いつまで経《た》っても彼がその場から動く気配はない。

もしかしたら私が頭を下げる角度を変えるべきなのだろうか。

そんなことを考え始めていると。

「頭を上げろ。そんなことをさせるために呼んだわけではない」

不機嫌そうな声だった。

私は押さえられていたばねのように、慌てて頭を上げた。

男は気を取り直したように歩き出すと、私の向かい側のソファに腰を下ろす。そして慣れた様子でロビンに命じ、お茶を持ってこさせた。

私はどうしていいか分からず、いつまでもその場に立ち尽くしていた。ロビンは男の分だけでなく、私のお茶のおかわりまで用意してくれた。

だがそれでも私は男の気迫に飲まれ、ただただ立ち尽くしていた。

「座れ」

低い声だった。

その声を聞いただけで、体が竦《すく》んだ。

おそるおそる目をやると、鋭い青がこちらを睨みつけていた。

思わずその場に蹲《うずくま》ってしまったのは、本能的な恐怖を感じたからだ。

男は身じろぎ一つしていないというのに、今までに感じたことのない恐怖を覚えた。従兄のギルバートが殴りかかってきた時ですら、こんな恐怖を感じたことはなかったのに。

男は満足に腰掛けることもできず蹲った私の行動を、謝罪のため頭を下げたと解釈したようだった。

「謝罪のつもりか」

私は歯を食いしばった。

何か言わなければと思うのに、何も言葉が出てこないのだ。

はいともいいえとも、答えることができなかった。

はいと言えば嘘《うそ》になる。私はただ恐ろしさに躊ってしまっただけなのだから。だが後ろめたいところのある身で、男の勘違いを正す勇気もなかった。

私の謝罪などで公爵家の怒りが収まるはずもないが、せめてどんな糾弾《きゅうだん》も黙って受け入れるべきだろう。

私が——私が生まれたせいで、この家の人々は傷ついたのだ。

「……どうすれば、いいのでしょうか」

何度も戸惑い震えながら、どうにかようやく口にできたのはとても小さな声だった。

「どうすれば、とは」

「謝ったくらいで、許してもらえるとは思っていません。私は——私さえいなければ、みんな幸せだったのに……。どうしたらいいのか、本当に分からないんです」

口から溢《あふ》れ出たのは、今まで誰にも言えずに閉じ込めていた言葉たちだった。

言葉遣いすら幼子《おさなご》のようだ。

私はせめて、泣いてはいけないと自分に言い聞かせた。泣く権利など自分にはない。泣けばより相手を怒らせるだけだと思った。

両手が毛足の長いふわふわの絨毯《じゅうたん》に沈む。

いっそこのまま、気を失ってしまいたい。

部屋の中に、なんとも言えない沈黙が落ちていた。

重い沈黙が丸めた背中の上にのしかかってくるようだ。

「両親の分も、謝罪します。働けと言うなら働きます。だからどうか――」

願いは言葉にならなかった。

そもそも何を願えばいいのか。

許してほしいというのは伯母の、ひいては祖父の願いだ。

あの人たちの願いを叶えたいと思うほど、私は家族思いではなかった。

それでもこうしているのは、少しでも目の前の男の怒りが鎮まればと思うからだ。

「顔を上げろ」

相変わらず低い声だったが、先ほどと比べると幾分角が取れたように感じられた。

言われた通りにすると、ティーカップを手にしたまま困惑したような男の姿が目に入る。

彼は今気づいたというようにカップに口をつけると、優雅な動作でソーサーの上に戻した。

「とにかく座ってくれ。このままでは話もできん」

促《うなが》され、私は力の入らない足でゆるゆると立ち上がり、どうにかソファに腰を下ろした。

「お前は本当に、モーリスとジェーンの子か？　アビゲイルだったか」

両親の名前に、ゆっくりと頷《うなず》く。

男は頭が痛いとでも言いたげに眉間を揉《も》んだ。

「手紙を寄越しただろう」

「手紙……ですか？」

時間と場所を指定する手紙こそ受け取ったものの、こちらから手紙を出した覚えはない。

目の前の男の名前すら、私は知らないのだ。

だがそこで、ふと思い当たることがあった。

伯母はいつも、私の名前で貴族子息に勝手に恋文を送ってしまうのだ。

まさか今回もこちらから手紙を送ったのかと思うと、背筋が凍る思いがした。

「思い当たる節があるようだな」

「あ……」

しばし逡巡《しゅんじゅん》する。勝手に伯母が送った手紙だなどと言えば、相手の怒りを逆撫《さかな》ですることは目に見えている。

私の沈黙をどう思ったのか、男は重いため息をついた。

「ロビン、紙とペンを持ってこい」

ロビンは素早くそれらの物を持ってくると、私の前に並べた。

「ここに名前を書け。俺のだ」

私は驚いて顔を上げた。

誰かも分からないのに、名前など書けるはずがない。

ペンを持ったまま何も言えずにいると、男はもう一度ため息をついた。

「では自分の名前を書け。それも書けないか？」

震える手で書いた名前は、少しゆがんでしまっていた。

「どうやらこの手紙を書いたのは、お前ではないということだな」

そう言って、男は懐《ふところ》から一通の手紙を取り出した。宛名にはクラウス・シュトラウス・アスガルの文字。

開封されているそれには、見覚えのある我が家の封蠟が捺されている。この手紙を持っているということは、この男こそがアスガル公爵その人なのだろう。

送り主の場所には私の名前が記されていた。だが今書いたばかりのサインとは似ても似つかないものだ。

私は自分の想像が正しかったことを知った。この手紙は伯母の仕業に間違いない。

そもそもここに来るよう私に命じたのも伯母なのだから、当たり前といえば当たり前なのだが。

本来当主が持つはずの封蠟も、伯母が管理し始めてもう何年も経つ。

『恨みを忘れないあなた方のせいで、私は結婚もできない。持参金すらないのです。私に一体何の罪があるのでしょう。私を少しでも哀れに思うなら、良き縁談を用意してはくださいませんか』

簡潔にまとめられた手紙の内容に、私は一層血の気が引く思いだった。

それはあまりにも厚かましい内容だったからだ。

激しい感情が、頭の中でぐちゃぐちゃと暴れ回っている。

どうしていつも、伯母はこんなことをするのだろう。ただでさえ貴族の間では鼻つまみ者だというのに、なおも問題を起こそうとするその神経が信じられない。

祖父は悪魔を恐れたが、悪魔というならあの伯母こそそう呼ぶに相応《ふさわ》しいのではないかとすら思う。少なくとも私にとってはそうだ。

震える手で、手にしていたペンをテーブルに戻した。このまま持っていては、誤って壊してしまいそうだ。

そのまま拳《こぶし》を強く握り、俯《うつむ》いて息を吸う。限界まで吸い込むと、今度は息を止めた。

口を開くと、このぐちゃぐちゃとした感情が表に出てしまいそうだった。

どんなにみすぼらしくても、せめて失礼にならないようにしようと思ってここまで来たのに、自分がみじめでならなかった。

「……縁談なんて、いりません」

震える声で、どうにか言った。

「なにも、なにもいりません。私はただ――」

ただ、どうしたいのだろうか。

頭の中で今までに見てきた光景がぐるぐると回る。悲愴《ひそう》な祖父の死に顔。哀れむような使用人の声音《こわね》。互いのことばかりで私に無関心な両親。無理難題ばかり押し付けてくる伯母。

みんなみんな、大っ嫌いだ。

もうどこにもいたくない。できるなら、石になってしまいたい。怒りも悲しみもない世界で、ただ静かに暮らしたいだけなのに。

「もう消えてしまいたい」

そう口にすると、こらえていた涙が溢れてテーブルの上に落ちた。

ロビンが用意した紙の上にぽたぽたと落ちて、しみを作る。

そのことに気づいて、袖口《そでぐち》で慌てて拭《ぬぐ》った。こんなに綺麗な紙なのに。

「ごめんなさい。汚してしまいました」

なんとか顔を上げて、謝った。

涙に滲《にじ》む男は相変わらず難しい顔をしていた。でも怒っているのとは少し違うようだった。

「分かった」

何が分かったのだろう。

手紙の差出人は私ではないと信じてもらえたのだろうか。だが、気づかれたと知ったら伯母はまた怒るかもしれない。

お見合いが断られるたび、伯母はそうして私を何度も詰ってきた。

たとえ理由が、自らの出した嘘だらけの手紙や姿絵にあったとしても。

「お前はもう、家に帰るな」

「え？」

「結婚相手が必要だというのなら、俺がなろう」

何を言われたのか分からず、頭が真っ白になった。

男はそれ以上何かを説明するでもなく、素早く立ち上がって部屋を出て行こうとする。

私と同じように呆気《あっけ》に取られていたロビンが、慌ててその後を追いかけた。

一人取り残された私は、ひどく困惑し涙も引っ込んでしまった。


「お待ちください旦那《だんな》様！」

部屋を去ったクラウスを、ばたばたとなりふり構わずロビンが追いかけてくる。

偶然部屋の前にいたメイドが、家令であるロビンの剣幕《けんまく》に驚いて立ち竦んでいる。

クラウスはちょうどいいと思い、そのメイドに応接室の客人をもてなすよう命じた。

まだ若く、この家の忌《い》まわしい過去のことなど何も知らなそうだ。

「部屋の中のご婦人はいずれ俺の妻になる。丁寧に遇するように。部屋は鷺《さぎ》の間だ」

メイドは驚いた顔をしつつ、大人しくクラウスの言葉に従った。

「旦那様！」

メイドが行ってしまうとロビンはたまりかねたように叫んだ。

廊下を走ったり大声を出したりと、普段の彼であれば不作法だと眉を顰《ひそ》めるようなことばかりしている。

「大声を出すな」

クラウスが指摘しても、ロビンの勢いは止まらなかった。

「一体何を考えているのですか！　あの……あの忌まわしいスタンフォード家の娘を娶るなど、冗談だとしてもあまりに悪趣味です！」

ロビンは古くからこの家に仕えている。

当然、十八年前の忌まわしい出来事も記憶しているだろう。

彼は家令に任じられるだけあってアスガル公爵家への忠誠心が特に強く、公爵家に害為す者に対して容赦《ようしゃ》がないのだ。

「あまり興奮するな。また倒れたらどうするんだ」

「誤魔化さないでください」

ロビンは激しく言い募《つの》る。

公爵家の当主となったクラウスに、ここまで直截《ちょくせつ》的にものが言えるのは彼か王族くらいのものだ。

クラウスは腕組みをすると、小さくため息をついた。

「結婚しろとあれほどうるさくいっていたではないか」

「それとこれとは話が別でございます。あんな……当てつけのようにあの女が卒業パーティーに着てきたドレスを着てくる娘など！」

思わぬ言葉に、クラウスは目を瞬《またた》かせた。

あの女というのは、アビゲイルの母であるジェーンのことだろう。

婚約破棄の場となった卒業パーティーの会場に、ロビンも居合わせていた。当時の彼はまだ執事であり、主にクラウスの身の回りの世話をしていた。

ロビンはどうしてもパーティーに出席したいとだだをこねたクラウスに、付き添っていたのだ。

だが当時十二歳のクラウスは、何か大変なことが起こっているということしか分からず、モーリスの傍《かたわ》らで小さくなっていた男爵令嬢のドレスなどちっとも記憶になかった。

「当てつけならば、同じドレスを着るにしてももっと着飾ってくるのではないか？」

アビゲイルの見た目は、貧相の一言に尽きた。

碌《ろく》な食事を与えられていないのかドレスはずり落ちそうになっており、宝飾品の類は一切着けていなかった。肌が白ければ白いほどいいとされる貴族社会において、その肌は日に焼け、かすかなそばかすが散っていた。

商人の子ですら、もっとまともな格好をしているだろう。

彼女の言葉遣いから、まともなマナーも教わっていないことが窺《うかが》い知れた。

生粋《きっすい》の貴族であるクラウスから見れば、貴族令嬢というより捨て犬のように見えた。

人間に傷つけられ誰も信じなくなった、孤独な獣。

「人でもあのような目になるのだな」

「は？」

「いや、お前の怒りは分かるが、ずっとこのままというわけにはいかないだろう。スタンフォードとは例の盟約もある」

クラウスの言葉に、ロビンは悔しそうに黙り込んだ。

両家の間にある盟約は、たかだか婚約破棄ごときで消えてなくなるような類のものではないのだ。

先代が亡くなってクラウスが公爵家を継ぎ、かつての禍根《かこん》を知る者も少なくなった。

今こそ清算の時なのかもしれない。

勿論《もちろん》、手紙を受け取った時点ではこんなことなど考えていなかった。

だがアビゲイルの姿を見て、気が変わったのだ。

その見た目は確かに哀れなものだったが、結婚するつもりになったのは決して同情ではない。

ロビンへの多少の意趣返しが含まれていないとは言わないが。

アビゲイルはまだ若くきちんとした教育も受けていないだろうに、貴族としてもっとも大切なものを持ちあわせていた。

それは持とうとしても容易《たやす》く持てるものではない。

どのような血筋に生まれどれだけ恵まれた教育を受けようが、得られるものではない。

何ものにも屈しない心。それが透明な涙を流す彼女の瞳には宿っていた。

通常、公爵家の応接室に案内されれば誰でも怖《お》じ気《け》づくものだ。

飾られた調度品はどれも一つで家が建つような代物だ。あそこは公爵家の財力と権力を見せつけるための場所なのである。

勿論貴重なものが多いので、客人を一人にするということは基本ない。

意地の悪いロビンは、わざとアビゲイルを一人にしてのぞき穴から監視していたようだが。

満足な教育を受けていなかったアビゲイルには価値が分からなかっただろうが、そんなことは重要ではない。

大切なのは、圧倒的な敵地である公爵家において、彼女の意識がただ過去への贖罪《しょくざい》にのみ注がれていたことである。

婚約破棄は生まれる前の出来事で、彼女には何の責任もないにもかかわらず――だ。

あんなことができる人間は、そう多くはない。

「まあ見ておけ。俺の見込み違いであれば、お前の言う通りの相手と結婚するよ」

クラウスが言うと、ロビンはようやく大人しくなった。

味気ない日常が、変わりそうな予感がしていた。


置き去りにされたアビゲイルは、未だに状況が飲み込めていなかった。

伯母に言われるがまま謝罪に来たはずだが、なぜだか現れた男に結婚すると言われてしまった。

改めて考えてみても、どうしてその結論に至ったのか分からなかった。聞き間違いか白昼夢《はくちゅうむ》だと言われた方が、まだ納得ができる。

立ち上がることもできずその場でぐるぐると考えていると、扉をノックする音がした。

部屋の中にいるのはアビゲイル一人だ。

「……はい」

返事をすると、年若いメイドが一人部屋の中に入ってきた。

彼女はアビゲイルを見て一瞬だけ驚いた顔をした後、慌てて取り繕《つくろ》ったように見えた。

「旦那様からお客様を案内するよう仰《おお》せつかっております」

まるで上流階級のような喋《しゃべ》り方だ。

彼女の方がよっぽどの貴族のようだなと思う。

私はなんとなく気恥ずかしくなって、濡れていた目じりをドレスの袖で拭った。

「ああ！」

するとメイドが、小さな悲鳴を上げる。

「そのように乱暴にこすっては、痕になってしまいます」

私はぽかんとしてしまった。痕になったからなんだというのだろう。別に死ぬわけでもあるまいに。

「冷やすための水を持ってまいりますので、お待ちください」

「いや、そんなに気にしなくても……」

「気にしてください！」

言うが早いか、メイドは部屋を出て行った。

私はまたしても、茫然《ぼうぜん》とその背中を見送ることになった。

ただ先ほどと違うのは、メイドがあっという間に戻ってきたことだろうか。洗面器と水差し、そして真っ白いリネンをカートに乗せて運んできた。

そして水差しから洗面器に水を注ぎ、リネンを浸して絞り、私の目の上に置いた。

メイドの勢いに押され、私はされるがままになっていた。ロビンと呼ばれていた老人と違い、メイドには私に対する敵意がなかったからだ。

思えば、こんな風に純粋に誰かに心配されたことなんてあっただろうか。

両親ですら、私のことなどどうでもいいと思っている様子なのに。

熱を持った目元を冷やすのは、とても心地よかった。

私が普段着ているような服と違い、とても質のいい布だ。

こんなことに使わせてしまって申し訳ないと思った。

「ああ、お部屋に案内するよう言われていたのに私ったら！」

布を乗せているので見えないが、そんな声が聞こえる。

どうやら彼女は私を案内するためにやってきたようだ。

私の立場を考えれば今すぐ追い出されてもおかしくないはずだが、まだどこかに案内されるという。

どうやら帰宅はずいぶん遅くなりそうだ。

昼食の用意はしてきたが夕食は帰ってから作ろうと考えていたので、困ったことになったという思いが大きかった。

流石《さすが》に結婚相手云々《うんぬん》は冗談だと思うが、あのクラウスという人は一体何がしたいのだろうか。

謝れば許してもらえると思っていたわけではないが、逆に怒鳴られもせず解放されたことで肩透かしを食らっている。

いや、これは暢気《のんき》に考えすぎなのだろうか。

世の中には人を商品として扱う商売もあると聞く。

アビゲイル自身は奴隷《どれい》という存在を目にしたことはないが、言うことを聞かなければ異国に売ってしまうぞと、何度伯母に脅《おど》されたことか。

自分は売られるのかもしれないと思うと、クラウスの落ち着きようにも納得がいく。

そして彼らの気が収まるのなら、それもいいかもしれないと思った。

別に家に帰りたいとも思わない。

自分がいなくなったら両親が生活できないかもしれないという不安はあるが、公爵家の機嫌が直れば生活は今より良くなるはずだ。

この身一つで、祖父の無念を晴らせるのなら安いとすら思う。

「そろそろよろしいですね」

目に乗せられていた布を外されると、すっきりした気持ちになった。

闇に慣れた目がくらんでしまい、なかなか目を開けることができない。

ようやく光に慣れると、目の前に亜麻色《あまいろ》の髪を肩で切りそろえた若いメイドが立っていた。

「はじめまして奥様。私はメイリンと申します」

私は思わず、首を傾《かし》げた。

やっぱりおかしい。

なんで彼女は、私を奥様なんて呼ぶのだろうか。

「鷺の間を準備しておりますので、しばらくはこちらの部屋をお使いくださいね」

そう言われて案内されたのは、信じられないほど立派な部屋だった。

大きな天蓋《てんがい》付きのベッドに、複雑な模様の入った異国風の絨毯。家具は落ち着いた雰囲気でまとめられ、勿論掃除が行き届いていて塵一つ落ちていない。

自宅で使っている寝室と比べ、唖然としてしまったのは仕方のないことだと思う。

我が家は空いている部屋こそ無数にあるが、当然私一人では手入れが行き届かないのでどの部屋もひどい有様だ。

貴族というのはこういうものなのかと、改めて思い知らされる。

裕福な商家である伯母の家にも行ったことがあるが、なんだかごてごてと色々なものが飾られて気が休まらなかった。

この部屋はなんというか、高価なものが多いと分かっているのに不思議と落ち着く。

新品ではなく使い込まれた家具が多いので、そのせいなのかもしれない。飴色《あめいろ》の家具からはぬくもりが感じられた。

そうしてうっかり部屋に見とれていたが、今はそれどころではないと現実を思い出す。

「その、私は売られるんじゃないんですか？」

思い切って尋ねると、メイリンは目を丸くした。

「は!?　う、売る？」

「そ、そうです。私てっきり異国に売られるのだとばかり」

メイリンは氷のように固まり、目を白黒させていた。

こんなに驚かれるとは思わず、なんだか申し訳ない気分だ。

「か、確認してまいります！」

メイリンは慌てたように部屋を飛び出していった。

彼女に尋ねるべきではなかったのかもしれない。それからしばらく待っても、メイリンは帰ってこなかった。

すると緊張で忘れていた疲れが、どっと襲い掛かってきた。ついうつらうつらしてしまう。

朝早くに起きて乗合馬車と徒歩でここまでやってきたので、ある意味当然の疲れだ。

私は汚してしまうのが恐ろしくベッドにあがることができなかった。というか、こんなにふかふかの絨毯があれば寝るのは床の上で十分だ。

ふかふかの絨毯で丸くなると、その柔らかさに天にも昇る心地がした。

ここには突然押しかけてくる伯母も、世話の必要な両親もいない。

なんだか天国みたいだと思いながら、私はそのまま眠りについたのだった。

――世界が揺れている。


一体何が起きているのだろうか。

体が揺さぶられる不快感で気分が悪くなる。

せっかく心地よいまどろみの中にいたというのに。

「おい！　目を開けろっ」

大声だ。

さすがにそのまま眠り込んでいるわけにもいかず、重い瞼《まぶた》を持ち上げた。

ぼやける視界に、なんだか黒くて大きなものが映り込んでいる。夜中に現れるというブラックドッグだろうか。

何度か瞬きして、それが先ほど面会した公爵のクラウスだと気が付いた。

よく見れば、その後ろにはメイリンと少し離れたところにロビンがいる。

「旦那様！」

ロビンが叫ぶ。そのあまりの大声に、近くにいたメイリンが怯《おび》えたように肩を揺らした。

しかしクラウスは一向に意に介さない。

それはあっという間の出来事だった。

柔らかい床《とこ》に横たえられて初めて、私はクラウスに抱えられていたのだと気が付いた。どうやら彼は絨毯の上で横になっていた私を寝台に運んだらしい。

汚してしまうのにと思ったが、クラウスが険しい顔をしているので抗議するのは躊躇《ため》われた。

「な、何か御用でしょうか？」

体を起こそうとするのに、体が泥のように感じられてなかなか起き上がることができない。

どうやら自分で考える以上に、私はひどく疲れているようだ。

「用だと？」

クラウスが怖い顔のままで問い返してきた。

それだけで、すいませんと謝りたくなってしまう。

「お前は部屋の中で倒れていたんだぞ？」

そう言われて、頭が真っ白になる。

倒れてなどいない。ただ眠っていたのだと説明しようとしたが、その言葉は新たに部屋に入ってきた人物によって遮《さえぎ》られた。

「お医者様がいらっしゃいました」

見ると部屋の出入り口には、顔を強張《こわば》らせたメイドと白い髭を蓄えた老人の姿があった。

どうやら私が床で寝てしまったせいで、倒れたと勘違いした公爵家の人々が医者を呼んでしまったようだ。

老齢の医師は部屋の中の微妙な雰囲気を感じ取ったのか、ふんと鼻を鳴らした。

「今は診察を優先させていただきますぞ。お話し合いでしたら外でどうぞ」

老人がそう断言すると、私をベッドに降ろしたクラウスはもの言いたげな顔で部屋から出て行った。

ロビンは私を睨みつけると、肩を怒らせてその後に続く。

そのまま誤解だと言い出すこともできず、私は診察を受けた。

正直なところ、医者にかかるのは初めてだ。

赤子の頃は世話になったのかもしれないが、少なくとも記憶にある限り医者にかかったことはない。

というのも、医者の診察を受けるには相応の伝手と多額の金が必要だからだ。

このお金を後で請求されたらどうしようと思うと、そらおそろしい気持ちになった。

こうして借金を上乗せして異国に売りに出すということなのだろうか。

別にそんなことをしなくても、伯母に言えば簡単に私のことを引き渡すだろうに。

「緊張せずに、力を抜いて」

老人は私の脈を測ったり、舌の様子を確かめたりしていた。

人と触れ合う機会のない私は、それだけでがちがちに緊張していた。

それにしても、ただ寝ていただけで医者を呼ばれるなんて。

私は金持ちの家で気軽に寝るものではないなと、慣れない診察を受けながら思った。

診察が終わったという報《しら》せを受けたクラウスは、医者から直接アビゲイルの健康状態についての報告を受けることにした。

部屋で倒れていた彼女の病状を、医者はあっさりと言い切った。

「慢性的な栄養不足ですな」

「栄養不足……？」

食べすぎで節制を勧められる貴族というのはいるが、まさか栄養不足とは。

メイドの言葉に驚き部屋に来てみれば、彼女は床に倒れ伏していた。これにクラウスは大いに慌てた。

その結果が今である。

重篤《じゅうとく》な病ではと危惧していたクラウスだが、とりあえず命の危機ではないと知り安堵《あんど》のため息を漏らした。

だが、次の医師の言葉にその考えが甘いものだと知る。

「腰を細くするために食事を断っているというお嬢さんを見たことがありますが、それよりもひどい。ロビンさんによれば、年齢は十八だとか。だが彼女は小さく十五歳ほどにしか見えない。おそらく慢性的に食事を抜いているのでしょう。街の孤児と同じ症状です。正直なところ、十八年もよく生き延びたと思いますよ」

クラウスは驚き、家令を見た。

平静を装ってはいるものの、ロビンも眼鏡の奥の目を見開いているのが分かる。

クラウスの視線に気づいて咳《せき》払いすると、ロビンは重い口を開いた。

「……お嬢様との婚約破棄の際、あの令嬢は既に妊娠していらっしゃいました。その時の子だとすれば、十八になるはずだとお答えしただけです」

初耳だった。婚約破棄を宣言した二人は学生の身で既に子を得ていただなんて。

その場に居合わせたとはいえ、当時のクラウスはまだ十二だった。

おそらく未婚の男女の不貞について、クラウスの耳に入らないよう使用人たちが気を遣った結果だろう。

医者の言葉通り、アビゲイルのことは十五歳ぐらいだろうと思っていた。

「服の下には何か所か痣《あざ》もありました。日常的に暴力も振るわれているようですな」

慣れているのか、老人は淡々と説明していく。

それでも長い付き合いなので、彼がやりきれない思いでいるのが何となく伝わってきた。

「仮にも貴族の娘が……」

クラウスは信じられない思いだった。

正直に言って、今日アビゲイルを迎える時にはこんなことになると想像もしていなかった。

結婚相手の紹介を求める手紙。

厚顔無恥《こうがんむち》なその内容に、親も親なら子も子だと呆れていたのだ。

それでも話だけでも聞く気になったのは、本人に会って状況を把握し、必要であればスタンフォード家を完全に消し去る腹積もりでいたからだ。

今まで貧しい中にも彼《か》の家がなんとか存続していたのは、クラウスの父の慈悲あってのことだった。

しかしクラウスはその慈悲まで受け継ぐつもりはなく、この機会に各方面に働きかけてあの家を取り潰しにすることもできると考えていたのだ。

だが果たしてやってきたのは、礼儀こそ知らないものの純朴《じゅんぼく》そうな娘だった。手紙からは多少の貴族の心得が感じられたので、クラウスはこのことを意外に思った。

そしてその印象通り、手紙は別人から送られてきたものだということを知る。

アビゲイルが偽者の可能性も考慮したが、その可能性は低い気がした。彼女にはかつて見た伯爵夫妻の面影《おもかげ》があった。

「ひどい」

思わず本音が口をついたのかと思い、クラウスは口を押さえた。

しかしそうではなく、言葉を発したのはアビゲイルの案内を命じた若いメイドだった。

彼女は診察の立ち会いを許されていた。

痩《や》せ細った体もそこにあるという痣も、直接目にしたのだろう。その顔には悲しみと怒りがない交ぜになっていた。

「どうしてあんなひどいことができるんでしょうか。どうして、あんな……っ」

メイドが涙を拭う。

そんなメイドに、ロビンが確認のため声をかけた。

「本当にあの娘が、自分は売られると言っていたのか？」

クラウスは先ほどの出来事を思い出した。

アビゲイルのことを任せたメイドがロビンのもとにやってきたので、ちょうど一緒にいたクラウスは彼女の話を聞いたのだ。

メイドは世話を任された客人の言動に戸惑い、使用人の頂点であるロビンにどう対処すべきか相談に来ていた。

はじめその話を聞いた時、クラウスはロビンと共に言葉を失った。

あの娘は自分が売られると思い込んでいたようなのだ。

奴隷の売買は違法である。

「誇りあるアスガル公爵家が、そのようなことをすると思っているのか！」

報告を聞いたロビンは怒り、アビゲイルのいる部屋へ向かった。

ロビンの常にない様子にメイドは怯えていたし、アビゲイルを引き留めた自覚のあるクラウスはロビンを野放しにすべきではないと考え彼の後を追った。

勿論、娘が話したという内容に自身も驚き、直接確認すべきだという思考も働いた。

そうして向かった先で目にしたのが、床の上で倒れる彼女の姿だった。

ロビンの問いに、メイリンは頷く。

「間違いなく仰っていました。ただ、怯えている様子ではなくて、どうもそうなってもいいというお考えだったようです。暴れたり逃げ出そうとはなさらず、ただ事実を確認しているようなご様子でした」

売られると思っていたにもかかわらず、逃げないし取り乱しもしない。

そのちぐはぐさに納得がいかず、クラウスは腕組みをする。

それを察したのか、黙って話を聞いていた医師が口を挟んだ。

「日常的に暴力や怒声を浴びせられている人間に見られる症状です。無気力になり、抵抗したり逃げ出したりする気力を失ってしまうのです」

彼の言葉が、重しのようにクラウスの胃を塞いだ。

気分が悪い。その一言に尽きた。

「そこまで堕《お》ちたか」

あの家は。クラウスはその言葉を飲み込む。

「とりあえず、たっぷりの栄養と休息を与えて様子を見ましょう。彼女はまだ若い。いくらでもやり直しがきくはずです」

そう言って、老齢の医師は帰っていった。

アビゲイルを利用するつもりでいたクラウスは、今後の行動を決めかねていた。

第二章　新しい生活

目が覚めたら、自室ではない部屋にいて驚いた。

そしてすぐに、ここはアスガル公爵家の客室だと思い出す。

床で寝たら驚かれ、医者を呼ばれたのだ。

どうやら自分はかなり常識はずれなことをしたらしい。

親類以外と接する機会がないので何がどうとは説明できないが、自分が常識はずれであるという自覚はある。

我が家の環境は他と比べて、少しばかり特殊らしいのだ。

「お目覚めになったのですね。ご気分はいかがですか？」

いつからいたのか、天蓋《てんがい》の向こうにメイリンの姿があった。

この愛らしいメイドは、出会ったばかりの私にとても親切にしてくれる。

「厨房《ちゅうぼう》でミルク粥《がゆ》を用意してもらいますね。食べられそうですか？」

ミルク粥というものがどういうものなのか想像がつかなかったが、私は反射的に頷《うなず》いていた。

目の前のこの優しい人を、失望させたくなかったのだ。

「どうしてそんなに優しくしてくれるの？」

心底不思議に思い、私は尋ねた。

するとメイリンは動きを止め、何か言おうと口を開くのに、ためらってやめるという動作を二度ほど繰り返した。

「私はメイドです。だから奥様も遠慮なく、ご希望があれば仰《おっしゃ》ってくださいね」

微妙に答えになっていないような気がしたが、追及してはいけない気がして頷いた。

メイリンが部屋を出て行く。

私はぼんやりしつつ、周囲を見回して現在の状況を確認した。

どうやら眠る前と同じ部屋にいるようだ。

だが絨毯《じゅうたん》の上で寝たはずなのに、ベッドの上にいるので不思議だった。

なぜだろうと考え、医者が来て診察されたのだと思い出す。

寝起きで記憶はあいまいだが、どうも夢ではなかったようだ。

そんなことをつらつら考えていたら、メイリンが戻ってきた。随分《ずいぶん》早いなと思っていたら、カートに乗っているのは料理ではなく湯気の立ち上るボウルとリネンだった。

「寝汗をかいたでしょうから、さっぱりしましょうね」

そう言って、彼女はお湯で絞った布で私の体を拭《ぬぐ》い始めた。

初めてのことに驚くが、とても気持ちがいい。人に体を拭いてもらうことで、こんなに心安らぐなんて思いもしなかった。

だが、そんな時間は長くは続かなかった。

突然扉が開いて、クラウスが顔を出したのだ。

「目を覚ましたというのは本当か!?」

目を覚ましたと言っているからには私のことだろう。

返事をしようとしたところで、メイリンが悲鳴を上げた。

「旦那《だんな》様！　後になさってくださいっ」

メイリンは雇い主を相手にしているとは思えない強い調子でそう言うと、私を背に隠すようにしてクラウスの前に立ちはだかった。

クラウスは怒るでもなく、ひどく気まずそうな顔で扉を閉める。

メイリンは何事もなかったような顔で、私の体を綺麗《きれい》にするという仕事を再開した。

「あの、あんなことを言って大丈夫なの？」

私は思わず聞いてしまった。

雇い主以前に、クラウスは高位貴族である。決してないがしろにしていい相手ではない。

だがメイリンは有無を言わせぬ笑顔で言った。

「奥様は、気になさらなくても大丈夫ですよ。これは身分以前の問題ですから」

身分に以前も以後もあるのかと思ったが、メイリンの笑顔になぜか恐怖を感じて、私はこくこくと頷いた。

クラウスを待たせているにもかかわらず、メイリンはゆっくりと私の支度を整えた。こちらがハラハラしてしまうほどの落ち着きぶりだ。

着せられたのは、私が着てきたドレスとは比べ物にならないほど手触りのいいネグリジェだった。更に上からレースのガウンを羽織らせ、ようやくメイリンは気が済んだようである。

メイリンが内から扉を開けると、ずっと待っていたらしいクラウスが部屋に入ってきた。

彼はひどく落ち着かなそうな様子で、視線もこちらではなく宙に浮いている。

初めて会った時はもっと怖い印象だったので、一体この短時間に何があったのだろうと首を傾《かし》げてしまう。

「その、疲れはもういいのか？」

疲れているなどという話を彼にしただろうかと不思議に思ったが、医師に話した内容が伝わっているのかもしれない。

確かに今日は、慣れないことばかりでひどく疲れた。

「はい。ありがとうございます。こんなによくしてもらって……」

私はベッドから出て礼を言おうとしたのだが、クラウスに押し留められてしまう。

「いい。大人しく寝ていろ。しばらくは絶対安静だ」

思わぬ言葉に、瞬《まばた》きを繰り返す。

この人は一体何を言っているのだろう。

「ですが……私は売られるんですよね？」

するとかたくなに視線を外していたクラウスが、こちらを見て叫んだ。

「どうしてそうなる！」

突然叫ぶものだから驚いてしまう。

こちらの様子に気づいたのか、クラウスは誤魔化すように咳払いをした。

「お前を売ったりなどしない。言っただろう。結婚相手になると」

やはり聞き間違いなどではなかったらしい。

これには更に首を傾げる羽目になった。

復讐《ふくしゅう》のために売ると言われた方が、まだ納得がいく。こんな没落貴族の娘と、栄えある公爵がどうして結婚などという話になるのか。

どこからどう見ても、彼は結婚相手に困るような人間には見えない。

「意味が、分からないです」

困り果てて思わず呟《つぶや》いてしまった。

だがクラウスは、私の疑問に答える気はないようだ。

「それより、だ。この後お前の家に行ってくる。何か必要な物はあるか？　必需品であれば新しいものを用意させるが、何か思い出の類《たぐい》があれば探してこよう」

私は茫然《ぼうぜん》とクラウスを見上げた。

結婚相手の衝撃など吹っ飛んでしまった。

クラウスが我が家に――スタンフォード伯爵家に行くというのだ。

私が生まれて十八年。少なくとも記憶にある限り、公爵家側がこちらに接触を図ることなど一度としてなかったはずだ。

勿論婚約破棄の賠償手続きを除いて、ではあるが。

「あ……」

私は必死に考えた。

何を言うべきなのかということを。

そして、実家での記憶がものすごいスピードで頭の中に浮かんでは消える。

大切な物。なくせない物。私が十八年生きてきた証《あかし》。

何かあるはずなのに、何一つ浮かんでこないのだ。

なのでどうにか首を左右に振ると、自分が聞いたくせになぜかクラウスはひどく傷ついたような顔をした。

「分かった。それでは大人しく休んでおけ」

彼はそう言って背を向けると、肩を怒らせながら部屋を出て行った。

私は再び茫然としてしまって、扉が閉まってからもしばらく彼の去って行った方向を見つめていた。


それからは、毎日言われるがままに寝たり起きたりを繰り返した。

いつまで待っても売られる様子はない。

食事も最初はスープや軟らかく煮た野菜が主だったのだが、だんだん形のある物になり食材も豊富になっていった。

驚いたのは、その調理方法の多彩さだ。

ただお皿に盛るだけじゃなくて、見た目を考えて彩りのある素材を足していたり、とにかく私が見よう見まねでしていた料理とは何もかもが違っていた。

さすがに食べて寝るだけではだめだと思い、数日経《た》つと手伝いをしたいと申し出た。

ところが私のお目付け役のようになっていたメイリンは、いくら家事が得意だからやらせてくれと言っても変な顔をするばかり。

「奥様にそんなことはさせられない」と妙なことを言う。

そもそも私は奥様ではないし、実家では毎日していたことだ。そりゃあ、この家の使用人たちに比べたら得意と言ってもそれほどでもないかもしれないが。

そう返すと、メイリンは更に変な顔になるのだった。

ただ少しでもお世話をしてくれる恩を返したいだけなのだが、なかなかうまくいかない。

「あまり無茶を言うものではない」

報告を受けているらしく、クラウスにも苦言を呈される。

家事を手伝うと申し出ることが無茶というのは私の中になかった価値観で、おそらく今は私の方が変な顔になっている。

実際、

「おい、おかしな顔をするな」

そう言われたので間違いない。

マナーのテストだと言って、今は庭のテラスで向かい合ってお茶を飲んでいる。

このマナーのテストというのが曲者《くせもの》で、試験官はいつもクラウスなのである。

クラウスは忙しいので毎日ではないが、それでも二、三日に一度はこうして食事やお茶の時間を共にしている。

正直、何がしたいのかなぁと思う。

この屋敷にやってきてもうひと月以上になる。

与えられる食事で骨と皮だった体に肉が付き、心なしか胸も膨《ふく》らんできた。

だがそれだけではない。

勉強を一度もしたことがないと話したら、専属の教師を何人もつけられた。特にマナーの教師はそれはそれは厳しくて、言葉遣いから立ち居振る舞いなど色々矯正《きようせい》されている真っ最中だ。

というか当初、マナーの教師だと紹介された人物を見て私は驚いた。

そこにいたのは、あれほど私に対して怒りを露《あらわ》にしていた家令のロビンだったからだ。

なので今も、クラウスに給仕する傍《かたわ》ら鋭い目で私を観察している。

今は何も言わないが、きっと後でできていなかったところを復習させられるのだろう。

「いつまでこんなことをするんですか？」

私は思わず聞いてしまった。

本当は、そろそろ限界だった。

今の生活が辛いのではない。

メイリンや使用人に優しくしてもらい、勉強を教えてもらうのは楽しい。一人で本を読むだけだったのが、誰かと意見を言い合うことが楽しいのだとここに来て初めて知った。

でもそれだけに、いつかここから売られて遠くにやられるのだと思うと辛い。

どうせ放り出すのなら、中途半端に優しくしないでほしいのだ。

野良犬に餌《えさ》をやるのと一緒で、何度も餌を貰《もら》えば犬はやがて期待するようになる。

そして飢《う》えない生活に慣れてしまったら、もう路上で残飯を奪い合う生活には戻れないだろう。

日々が楽しいと思う中で同じくらい、いつ追い出されるのか、またはあの家に戻されるのだろうかと不安な気持ちが大きくなっているのだ。

そして今度は、クラウスが変な顔をする番だった。

「いつまで、とはなんだ」

「とりあえず、国内だと人身売買は違法だということは理解しました。だから大っぴらにできないんですよね？　でも、別に憲兵《けんぺい》に駆け込んだりしないので本当のことを言ってほしいんです。私はいつ売られるのですか？」

ロビンの顔が見れない。きっととても怖い顔をしている。

私はまだ貴族としての言葉遣いに慣れていないのだ。きっと後で失礼なことを聞くなといっぱい叱《しか》られるに違いない。

それでも私は、どうしてもクラウスの真意を確かめたかった。

何をさせるでもなく、私をここに留め置く彼。私の出自は彼にとって決して好ましいものではないはずだ。

しかし当初から一貫して、彼が私に怒りをぶつけてきたことはない。

クラウスが考えていることが分からない。

分からないというのはとても恐ろしいことだ。時には殴られたり直接怒鳴りつけられるよりも。

私に衣食住を与え、教育まで与えてどうするつもりなのだろう。

昔読んだ絵本の中に、似たような話があった。魔女は迷い込んできた兄妹《きょうだい》に食べ物を与えて、太らせてから食べようと企《くわだ》てていた。

私は出荷を待つ豚と同じなのかもしれないと思うと、どうしても落ち着かない気持ちになるのだ。

そんな私に対し、クラウスはため息をつくと言った。

「何度でも言うぞ。お前をどこかに売る気はない。お前は望む限り、ずっとここにいていいんだ」

ずっとここにいていいだなんて、今まで誰にも言われたことがなかった。

どうしてそこまでしてくれるのだろう。

初めて会った時から、クラウスの言うことは理解できないことが多い。

「どうしてそこまでしてくれるんですか？」

気になりすぎて、考えていたことがそのまま口から出ていた。

目の前の男はしばらく黙り込んだ後、遠い目をして言った。

「贖罪《しょくざい》……かもしれない」

彼に贖《あがな》うべき罪があるとは思えなかったが、その複雑そうな顔を見て私は何も言えなくなってしまった。

時間は少し巻き戻って、これはアビゲイルが公爵家を訪ねた日の午後のこと。

クラウスの目の前に建つのは、よく言えば歴史を感じさせる、悪く言えば手入れの行き届かない陰鬱《いんうつ》な屋敷だった。

壁のあちこちが崩れているが、修繕すらされていない。

庭の手入れはもう何年もしていないのだろう。一部のよく使う場所以外は雑草が伸び放題になっている。庭木も手入れを怠《おこた》っているためか、あちこちに枝を伸ばし、中には折れて腐りかけているものまである。

「これは……ひどいな」

予想以上の有様に、クラウスは面食らっていた。

一方で、無理やりついてきたロビンはどこか満足そうだ。

公爵の姉を捨てた伯爵家など、没落して然《しか》るべきとでも思っているのだろう。

「維持できぬのならさっさと手放すなりなんなりすればいいものを」

その声からも、侮蔑《ぶべつ》が滲《にじ》み出るようだ。

「貴族が家を手放すのはそう簡単ではない。特に古い家なら――なおさらだ」

暗に我が家もそうだろうという意味を込めて、クラウスは言った。

伯爵の肩を持つ気は一切ないが、この家にアビゲイルが住んでいたかと思うと悪《あ》しざまに言う気も起きないのだった。

クラウスは眠りから目覚めた少女のことを思い出す。

何か実家からとってくる物はあるかという質問に、彼女は困惑と否定でもって返事とした。生まれてからずっと生きてきた家に、傍《そば》に置いておきたい物の一つもないのかと、何とも言えない気持ちになった。

守る物などないということなのか、警備の類は見当たらない。使用人もいないのか、家の前に馬車をつけても取次が一人も出てこない。

仕方なく馬車を降りたクラウスは、馬車と馬を見張るよう御者に指示し、鍵もかかっていない錆《さ》びた門扉《もんぴ》に手をかけた。

「旦那様。お手が汚れます。引き返すべきです」

手が汚れるという割に、自分が代わる気はないらしい。

いまだにこの家令は伯爵家をここまで忌《い》み嫌っていたのかと、クラウスは驚かされた。

正直なところ十八年前の出来事をクラウスは忘れかけていたし、おおよそのことは当時の事情を知っているということで家令であるロビンに任せていた。

そのロビンがこの調子なのだ。

彼の裁量で長年にわたって嫌がらせを続けていた可能性もある。

そうでなければ果たして、名家と呼ばれた家がここまで没落するものだろうか。

クラウスは帰ったらするべきことリストに、十八年かけて行われたであろう伯爵家に対する制裁内容を確認するという項目をつけ足した。

さて、門を開けて庭に入っても、誰かが出てくる様子は一切ない。

だがこのままでは埒《らち》が明かないので、クラウスは玄関を開けて勝手に中に入ることにした。

まるで泥棒のごとき所業だと苦笑する。

ロビンも同じ感想を抱いているのか、ぶつぶつとお小言を言いながらついてくる。

「お前まで無理についてくる必要はないぞ」

「いえ！　悪しきスタンフォードが何をしてくるか分かりません！　有事の際にはわたくしが坊ちゃまを護《まも》らねばっ」

その意気込みは嬉《うれ》しいが、老境のロビンと気力体力共に充実しているクラウスでは役割が逆のような気がしないでもない。

むしろ興奮したロビンが何もないところで怪我でもするのではないかと、そちらの方が余程心配である。なにせ普段は旦那様と呼ぶくせに、呼び名まで昔に戻っている。

やはりロビンを連れてくるべきではなかったと、クラウスは己の判断を悔いていた。

ギギィと重苦しい音がして、押した扉が開く。

家の中は昼間でも薄暗く、しんと静まっていた。広いことは広いがそれだけで、家財の類は売り払ってしまったのか玄関ホールにはがらんとした空間が広がっている。

モーリスがせめて、公衆の面前で姉に婚約破棄など申し入れなければ、こんなことにはならなかったろうに。

家を守ることこそ至上と教えられる貴族にとって、名家の没落はなんとも痛ましく思えるのだった。

それでも、アビゲイルの両親であるモーリスとジェーンに対し、同情する気持ちは一切わかないが。

クラウスはまるで事実を確認するように、自分が売られるのだろうと尋ねてきた少女のことを思い浮かべた。

その態度から考えて、日常的にその可能性を身内の誰かに吹き込まれていたのだろう。それが実の両親だとは考えたくもないが。

「誰かいないのか」

返事はない。

まるでゴーストハウスだ。

クラウスは遠慮なく足を進めた。

来たからには、伯爵ないしその妻には会っておきたい。

そして正式にアビゲイルを引き取る許諾を得るのだ。結婚は半ば冗談だったが、娘を引き取る方法としてはそう悪くない。結婚さえすれば娘の所有権は父親から夫に移るからだ。

家を継ぐことのできない貴族の女性は、法律上財産として扱われる。動産と同じように明確な所有権が存在するのだ。

だからアビゲイルを保護しただけでは、父親がいつでも法律を盾に奪い返すことができる。家格の差でゴリ押しすることも可能だろうが、弱点はなるべく減らしておくに限る。

そんなことを考えていたからだろうか。

クラウスの反応が少しばかり遅れた。

廊下の向こうにぼんやりと、白い女の影がある。

それこそ遠目には幽霊にしか見えない。

だが悲鳴を上げたのはクラウスでもロビンでもなく、女の方だった。

「きゃあああああ」

絹を裂くような悲鳴が、今にも崩れそうなボロ家に木霊《こだま》する。

悲鳴の主は痩《や》せた女だった。

色褪《あ》せたドレスを纏《まと》い、長い髪を振り乱し、その場にへたり込んでいた。


——ジェーンだ。


ピンときた。

十八年前に一瞬だけ会った相手を、覚えていたわけではない。

だが彼女はアビゲイルと同じ灰色の髪をしており、なんというか佇《たたず》まいが似ている気がした。

どちらも病的に痩せているというのも、その理由の一つとして挙げられるだろうが。

「いやー！　助けてモーリス！」

はじめは侵入者に驚いているのかと思ったが、そうではなかった。

ジェーンの様子は明らかに常軌を逸しており、まるでクラウスたちに襲われたかのように泣き叫んでいる。

「どうしてっ。ちゃんとあなたの言う通りにしたのに。どうしてここまで追いかけてくるの⁉」

「一体何を言っている！」

耳障《ざわ》りな彼女の叫びを止めようと、ロビンが近づく。

だがそれはどう考えても逆効果だった。

ジェーンは恐慌状態に陥り、座り込んだまま後ずさろうともがく。

「やめろロビン」

主人として止めたものの、もともとの悪感情のせいかロビンは構わずジェーンの手を摑《つか》んだ。

顔を覆う手を外させ、冷静になれとでも言いたかったのだろう。

「悪魔、悪魔がくるわ」

ぶるぶる震えながら、女は誰に言うでもなく呟いた。

そして露になった女の顔に、クラウスは息をのんだ。

頬《ほお》に走る古い傷痕《あと》。

余程ひどい怪我だったのだろう。再生した皮膚《ひふ》がくっきりと浮かび上がっている。

これにはロビンも驚いたようで、まるで幽霊にでもあったかのようにその場に座り込んでしまった。

その顔を見て、思ったことがある。

姉と同じ年齢のはずだが、目の前の女はひどく老け込んでいた。

女性が顔に傷を負うというのは余程のことだ。彼女が送ってきた人生が垣間《かいま》見えた気がした。


「ジェーン！　どうしたんだ」

尋常ならざる悲鳴が聞こえたのか、廊下の奥から壮年の男が顔を出した。

記憶より老いてはいるものの、こちらもアビゲイルの父モーリスで間違いない。

モーリスは侵入者に気づくと、ジェーンを庇《かば》うようにロビンの前に立ちはだかった。

驚きへたり込んでいる老人に敵愾心《てきがいしん》をむき出しにしている様は、クラウスに違和感を抱《いだ》かせる。

ここまで、予想していた反応とは何もかもが違っている。

突然の訪問に驚くだろうとは考えていたが、ここまで絶対的に拒絶されるとは思っていなかった。

アビゲイルから送られていた偽《にせ》の手紙にはへりくだった美辞麗句が並んでいたので、下手に出てこちらを懐柔《かいじゅう》しようとしてくるだろうと想像していたのだ。

だが現実は全く違っていた。

「何しに来たんだ」

モーリスは低い声で言った。

酒で焼けたのか、記憶にあるよりも嗄《しやが》れた声だ。

しかし相手のペースに乗ってはいけないと判断し、クラウスは平静を装って返事をした。

まずは手紙や姿絵を送り付けてきた非礼を詫《わ》びさせねばならない。十八年前の出来事など関係なく、貴族としての上下を彼らに思い出させねばならないからだ。

「随分な言われようだ。俺たちが誰か分からないわけではないだろう。モーリス」

そう声をかけたことでようやく、ロビンを睨《にら》みつけていたモーリスの目がこちらを見た。

姉と婚約していた時は気弱すぎるほどに優しい青年だと思っていたが、十八年の歳月が彼の顔に全く異なる印象を浮かび上がらせていた。

険のある顔と、不健康そうな浅黒い顔色。太っているわけではないのに顔がむくんでいる。なにがしかの病を患《わずら》っているに違いない。

「ふん。アスガルの若様か」

モーリスが侮蔑とも嘲笑《ちようしよう》ともつかない声で言った。

茫然自失だったロビンが、この言葉に勢いを取り戻す。

「貴様、言うに事欠いて何を……！」

「今更へりくだったところで、これ以上悪くなりようがない。いや、あんたらは妻を怯《おび》えさせた。

イライザの言いつけを守り、ただただ大人しく生きてきたこの可哀相《かわいそう》な女をな」

モーリスは腕に抱きこんだジェーンを顎《あご》でしゃくってみせた。

だがそれよりも、モーリスの言葉の中には聞き捨てならない言葉があった。

「待て、姉がなんだって？」

イライザとは、クラウスの姉の名前だった。

かつて、モーリスと婚約していた女の名だ。

「知らないとは言わせない。あの女はな、顔に傷までつけてジェーンの口を塞《ふさ》いだんだ。自分は伯爵家になんて嫁《とつ》ぎたくないから、体を使ってでも俺を籠絡《ろうらく》するよう命じてな！」

モーリスの口から語られた過去は、クラウスにとって青天の霹靂《へきれき》だった。

それはロビンも同様だったようで、あまりのことに言葉をなくしている。

「もう、いいだろう。どうして俺たちを放っておいてくれないんだ。ただ息を殺して生きてるだけじゃないか。あの女は王妃になった。アスガル公爵家は安泰だ。大昔に非礼を働いた家のことなど、もう忘れてくれてもいいだろう」

モーリスの言葉は悲嘆に満ちていた。

確かに姉のイライザは、モーリスとの婚約破棄の後に当時王太子だった国王に求婚され、現在ではこの国の王妃となっている。

予想外の展開に驚いてはいたものの、モーリスの言葉を信じたところで得心のいかないことはある。

「忘れてくれというなら、なぜ娘の姿絵など送ってよこしたんだ。悪趣味な手紙までつけて」

クラウスが胸ポケットから封筒を出すと、モーリスは困り果てたようにため息をついた。

「……姉はまだ過去の栄光が忘れられていないんだ。どうせあんたたちなら相手にしないだろうと放っておいたが」

それは返事と言うよりもむしろ、独り言めいた呟きだった。その証拠に、モーリスの言葉には隠し切れない疲れが滲《にじ》んでいる。

クラウスはここに来るまでに記憶してきたスタンフォード家の詳細を、頭の引き出しから引っ張り出した。モーリスには確か、商人に嫁いだ姉がいたはずだ。

そしてモーリスの言葉からは、その姉に心底うんざりしていることが伝わってきた。

「なにより、小娘をたった一人で送り込んできた理由は？　我らの隔絶を忘れたわけではあるまい」

モーリスは妻の無事を確認したからか、もう興味がないとでも言いたげに視線を逸《そ》らす。

猫背のその背中は、先ほどまでの激高が嘘《うそ》だったかのようだ。

「どうせ怒って追い返されるのがおちだと思っていた。それで姉が満足するなら、いいと思った」

投げやりなその態度に、クラウスは怒りを覚えた。

自分は売られるのかと真顔で尋ねてきたアビゲイル。年頃らしく着飾ることすら理解せず、自分が生まれる前のことを涙ながらに謝罪しにやってきた少女。

実の父でありながら、この男は娘のことをちっとも考えていない。

――反吐《へど》が出る。

「被害者面《づら》するなよ」

クラウスの声の調子が変わったことに気づいたのだろう。モーリスが顔を上げた。

「家同士が過去に何があったとしても、あの娘には関係のないことだろう」

「何を……それこそあんたには関係のないことだろう。不快に思ったのならさっさと追い出せばいい」

彼が投げやりな態度になることは責められない。

だが実の娘を身代わりにするようなそのやり方に、クラウスは燃え盛るような怒りを覚えた。

「お前たちがどんな目に遭《あ》ったかは知らない。その傷だ。余程腹に据《す》えかねることがあったんだろう。だがな――」

クラウスはともすれば今にも相手を殴りつけてしまいそうになる気持ちを抑え、深呼吸をした。

「あの娘をひどく扱った時点で、自分たちも立派な加害者だろうが」

こんなことを言われるとは思っていなかったのだろう。モーリスは石を飲んだような顔になった。

それにしても、まさかこんなことになるとは。

当時はよく分からなかった過去の確執が、今になって亡霊のように追いかけてきている気がした。

勉強をするのは、好きだ。

今まで、家のことをしていたら一日が終わっていて、勉強したいなんて口にすることすら憚《はばか》られた。

自分はスタンフォードの家を不幸にした原因なのだから、家のために尽くすのが当たり前なのだと伯母に言われその言葉に従ってきた。

祖父は、私の出自について思うところはあっただろうが、死ぬまで私には優しい祖父だった。

読み書きを教えてくれたのは祖父だ。

おかげで私は本を読むことで世の中を知ることができた。

祖父のことを思うと、今も心が痛む。

きっと婚約破棄のことで大変な苦労をしたのだろう。

記憶にある祖父は代々続いてきた家の没落を嘆き、いつも先祖に詫びていた。

確かに死に際の言葉はショックだったが、今でも祖父を恨む気にならないのはそのせいかもしれない。

なのでクラウスから図書室の本を自由に読んでいいと許可を貰った時は、とても嬉しかった。

公爵家の図書室はとても立派で、見たこともない貴重な本がたくさんあった。

中でも興味深かったのは、悪魔と聖女についての本がたくさん集められていたことだ。領地運営に関する本など実務関連の本が多い中で、挿絵の多いそれらの本は目を引いた。

特に気になったのは、各地に残るおとぎ話や口伝《くでん》の類を集めた本だ。

その中に、悪しき心の人には悪魔が取り憑《つ》いてしまうので青き聖女の血が悪魔を祓《はら》うという話が記されていた。

こんな話は聞いたことがない。

聖女とは一体どんな女性なのだろう。血が青いことなんてあるのだろうか。

悪魔という言葉に、思わず祖父の言葉を思い出す。病床の祖父は、いつも悪魔に怯えていた。

「アビゲイル様。私の話は退屈ですかな？」

そんなことを考えていたせいか、つい上の空になってしまった。

せっかく時間を割いて教えてくれているロビンに申し訳なく思い、私は慌てて謝る。

「ご、ごめんなさい！」

「こういう時は申し訳ありませんと」

その落ち着いた声に、怒りはない。

初対面の時に見せた眼鏡の奥の怒りも、今は感じられない。

一体どんな心境の変化なのだろう。

はじめマナーの教師をロビンが受け持つと聞いた時は、てっきりそれにかこつけて罵倒されたりするのだろうと覚悟していた。

だが予想に反して、彼は厳しくはあっても理不尽なことは決してしなかった。暴力を振るわれることもなかった。

以前伯母が戯《たわむ》れに貴族の礼儀を教えてくれた時は全身をひどく打ち据えられたので、てっきりそうなるものと思っていた私は拍子抜けしたものだ。

それに伯母に教えてもらった礼儀作法は、どれも役に立たないものだったとロビンの授業を受けて判明した。

「それをあなたに教えた方は、なんでもいいから難癖をつけたかったのでしょう」

教わったことを説明したら、ロビンは呆《あき》れたようにこう言っていた。

まったくあの伯母は本当に……となんとも言えない気持ちになった。

「では今日の授業はここまでにいたしましょう」

家令であるロビンには他の仕事が山ほどあるので、マナーの授業は一日一時間程度である。

「今日もありがとうございました」

スカートを摘《つま》んでお辞儀をする。

毎日授業終了の際にこの動作をしているので、最近は板についてきたような気がする。

「ふむ」

すると、いつもならすぐに部屋を出て行くロビンが、今日は何かを見定めるように顎を撫でている。

うまくできたと思ったのだが、なにやら引っかかることでもあったのか。

「あなたもこの家の生活にだいぶ慣れてきたようですね」

ロビンがこのように世間話の類をすることは、大変珍しいことだ。

私は衝撃を受けつつ、なんとか言葉を返した。

「そ、そうですね。皆さんが優しくしてくれるおかげです」

実際、メイドのメイリンをはじめ本当によくしてもらっている自覚がある。

実家からはなにも言ってこないのだろうかとか、疑問は多々あるけれど。

「そろそろ実践に入ってもいいでしょう」

「実践……ですか？」

「そうです。礼儀作法を学ぶ上で重要なのは、実際にそれに長《た》けた方々の所作を見ることです。他人の所作を見ることで、自分の何がいけないのか理解することにも繋《つな》がります」

「はあ……？」

ロビンが何を言いたいのかが分からず、間の抜けた返事をしてしまった。

「ですので近日中に、あなた様には旦那様のパートナーとして夜会に出席していただきます」

「はあ!?」

驚愕《きょうがく》のため、今度は大声になってしまった。

私の反応にロビンは眉を顰《ひそ》める。

「なんですかその反応は」

「ご……申し訳ありません。ですがパートナーって、懇《ねんご》ろな男女のことですよね？　結婚しているとかこれから結婚するとかの」

混乱のあまり思いつくままにそう言うと、ロビンは頭を抱えてしまった。

「やはりまだ外に出すのは早いか……」

なにやら苦渋の表情で呟いている。

いやいやいや。

「まだなにも、私を外に出す必要なんかありません！」

「これは旦那様の意向で――」

「夜会って、例えばご令嬢に因縁をつけられてドレスにワインを零《こぼ》されたり、気分を害したら白手袋を投げて決闘が始まったりするところですよね？　そんなの、クラウス様にご迷惑をかける未来しか見えませんっ」

悲惨な未来を予想して、思わず涙目になった。

本の中に出てくる夜会は恐ろしいところだ。私なんかがのこのこ出かけて行っても、失敗するに決まっている。

それで恥をかくのが私だけならいいが、あろうことかクラウスのパートナーだなんて。私だって一応、この生活を与えてくれているクラウスに感謝しているのだ。

なのにそのクラウスのパートナーとして出席するなんて、騒動を起こしてこいと言っているようなものである。

だが私の言葉を聞いたロビンは、なんとも憮然《ぶぜん》とした顔になった。

彼は深い皺《しわ》の刻まれた眉間《みけん》を揉《も》みほぐすと、小さな子供に言い聞かせるように言った。

「いいですか？　まず前提として、婚約していなくても貴族男性が親類や恩人の娘などのパートナーを務めることはあります。決して、あなた方の結婚を認めているわけではありません」

ロビンはそう断言した。

話が本筋からずれている気がしたが、公爵家の家令としてどうしてもそれは譲れなかったらしい。

「あなたは……少々ずれてはいるが馬鹿《ばか》ではないし勘もいい。私も少々早いとは思いますが、旦那様がどうしてもと仰るのです」

「はあ」

これはもしかして、褒められているのだろうか。

もしかしたら初めて褒められたかもしれない。思いもよらない言葉に、なんだかくすぐったい気持ちになる。

だがロビンは、それよりも重要なことがあるとばかりに怖い顔をした。

「ですから夜会までに、どうにかその奇妙な言動だけでも矯正するよう心掛けてください。旦那様に迷惑をかけたくないというのなら、これは絶対です」

その並々ならぬ迫力に、私はごくりと生唾《なまつば》を飲み込んだのだった。


さて、夜会出席を回避するため、私はクラウスに直談判《じかだんぱん》することにした。

いつものお茶の時間。

「無茶苦茶です」

これが偽《いつわ》らざる私の本心だった。

今日も庭のテラスだ。

クラウスが来るのを今か今かと待ち受けていた私は、彼が現れた途端に立ち上がって不満を爆発させた。

相手はまだ椅子《いす》に座ってすらいない。

可哀相なのは一緒に待っていたメイリンである。

彼女は先ほどまで大人しくしていた私がこんなことを言うとは思っておらず、ひどく狼狽《ろうばい》している。

一方、クラウスはなんのことか分からず目を丸くしている。

「私と夜会に出席しようだなんて！」

そう口にするとようやく、秀麗な顔に理解の色が広がった。

そしてすぐさま、その顔が笑み崩れる。

「そういえば、ロビンに言ったそうだな。夜会はドレスにワインをかけられたり、白手袋を投げて決闘をする場所だろうと」

彼は優雅にくつくつと笑っている。

あまり笑っている印象のない人なので、これには私の方が面食らってしまった。

兵法の本で読んだ、敵の意表を突くという作戦は失敗に終わったようだ。それどころかこちらが意表を突かれてしまった。

やっぱり人間とのやり取りは、本の中のようにはいかないらしい。

「私が読んできた本には、そう書いてありました」

「一体どんな本を読んだんだ……いや、物語ならば仕方がないのかもしれないが。いいか？　普通の夜会であればまずそんなことは起こらないさ。決闘など数年に一度あるかないかだ。ワインの方は、女性同士のことだろうからよく分からんが」

やはり、皆無ではないらしい。

クラウスの話を聞いても、やはり夜会が素敵な場所のようには思えなかった。

「常識すらない私が夜会に行くなど、無謀だと思います。私一人のことであれば失敗したで済みますが、クラウス様のパートナーとして出席したらそうはいかないでしょう？」

私は必死に言い募《つの》った。

クラウスにはどうしても、私を夜会に連れて行くという考えを変えてもらわねばならない。

「ほう？　ではパートナーが俺でなければいいと？」

面白がるようにクラウスが言う。

彼は椅子に座ると、私にも座るよう促《うなが》した。

「そういう問題ではありません！」

メイリンはようやく混乱から立ち直ったらしく、思い出したようにお茶を用意し始める。

私はといえば、どうにか今日中に夜会出席を撤回してもらおうと必死だった。

クラウスは多忙だ。定期的にお茶や食事を一緒しているとはいえ、次に会えるのはいつになるか分からない。

「どうしてこんな、お辞儀もまともにできないような娘を夜会に連れて行こうだなんて思ったんですか。それもパートナーとしてだなんて！」

完全にどうかしている。言いながら私はその思いを強くした。

「公爵家に迷惑がかかるじゃないですか。ついこの間まで、床を磨いていたような女ですよ私は」

ロビンの授業で多少はましになったと思うが、だからと言ってそう簡単に貴族の生活に適応でき

るわけがない。

そもそもはじめは謝罪のために公爵家に来たというのに、どうしてこの公爵様は更なる面倒事を抱えようとしているのか。

相変わらず売られる様子はないし、無理やり働かされることもない。それどころか分不相応な待遇を受けていると常々感じている。

私の反論を、クラウスは楽しそうに聞いていた。

「確かに、おしとやかからはほど遠いかもしれないな」

そう言いながら優雅にお茶を飲む様は、まさしく生まれながらの貴族だ。私とは住む世界が違う。

「だったら……」

「だが、夜会への出席は決定事項だ。十八でデビュタントもしていないのは遅すぎる」

「デ、デビュタント？　私に社交界デビューをしろと仰るんですか？　持参金どころか爵位さえ失いそうな没落貴族の娘なんですが」

実際、伯母が公爵に手紙など送らなければ、私は今でも床磨きをしていたはずだ。爵位があってよかったことなど今までに一つもなく、これからもあるとは思えない。

そうして過去を思い出したことで、私は更に不都合なことがあると遅まきながらに気づく。

「クラウス様はご存じかもしれませんが、私は今まで何人もお見合いをしては断られてきたんです。本当に身の程知らずな話なのですが、お相手はいい家柄の方ばかりで……」

「なるほど」

クラウスは意に介した様子もなく相槌《あいづち》を打ってくる。

「もしかしたら夜会には、その方たちも来るかもしれません。皆さんとても怒ってましたから、私を見たらお怒りになるでしょう。もしかして白手袋を投げられるかも。私は何を言われても仕方ないですが、クラウス様に迷惑をかけるのは……」

方々で見合い相手から浴びせられた罵声《ばせい》を思い出し、私は震えた。

当時のことが辛かったのではない。公爵と一緒の夜会で彼らと遭遇したら、絶対に迷惑をかけてしまうと思い恐怖したのだ。

するとクラウスは、突然真面目な顔になって言った。

「知っている。お前が伯母から無茶な見合いばかりさせられていたという話はな」

どうやら私が申告する前から、クラウスは私の評判についてご存じだったらしい。

ほっとしたはずなのに、少しだけ悲しくなった。

何も言えずにいる私に、クラウスは言葉を続けた。

「だが、何を言われても仕方ないなどということはない。お前はもっと怒っていいんだ」

私は虚を突かれた。

今まで何を言われても、仕方がないのだと思って生きてきた。

どんなに辛いことも、理不尽なことも、仕方がないと呑《の》み込んできた。

両親が私に興味がないのも、伯母が無茶を言うのも、従兄《いとこ》のギルバートに殴られるのも、全部仕方ないことだ。

私のせいで、私のせいで伯爵家が壊れたのだから。

「私の、私のせいで、す。私が生まれたせいで……」

そう言うと、クラウスは痛ましそうに目を眇《すが》めた。

「違う。私を含めた無関心で弱い大人たちのせいだ。お前はもっと他人のせいにしていい。なんでも自分のせいだと思い込むのはやめるんだ」

衝撃だった。

何がどう衝撃だったのかは言い表せない。

しいて言うなら、クラウスがこんなことを言うとは思っていなかったという衝撃だろうか。

彼は今、私の今までの価値観を丸ごとひっくり返そうとしている。

「そんな……そんなはずは」

夜会行きをどうにか断るために話していたはずなのに、クラウスに対して出てきたのは反論ではなく子供のように頼りない呟きだった。

何をどうしていいか分からない。

そんなことを言われたら、これからどう生きていいかすら分からなくなってしまう。

「すまない。結論を急いだな。今は深く考えず、ただの気晴らしだと思って夜会に出ればいい。どんな迷惑をかけられたとしても、それはお前を連れて行くと決めた俺の責任だ。そのことだけ分かっていればいい」

まるで子供に言い聞かせるようだ。

年上だが父と呼ぶには若いクラウスに言われると、胸がざわざわして身の置き場に困ってしまうのだった。

そしてあっという間に、夜会に出席する日がやってきた。

やってきてしまった。

出発は夜だというのに、太陽も高いうちから湯あみをしたり髪を編み上げたり化粧をしたり。

実質的な作業を担《にな》ったのはメイリンだが、長時間じっとしていなければならず大変に疲れた。

一番辛かったのは、コルセットでぎゅうぎゅうに腰を締め上げられたことかもしれない。

もっとも、よその家で令嬢のお世話をした経験を持つメイリンによると、私のコルセットなどはまだ序《じょ》の口だそうだ。

こんなに苦しいのにまだまだとは。

私は貴族の令嬢というものに初めて同情した。

「どうしたの、このドレス」

メイリンが誇らしげに運んできたのは、銀糸で刺繍《ししゅう》されたクラウスの目の色と同じ深い青色のドレスだ。

私にはデザインの良し悪しなど分からないが、そのドレスはとても美しかった。

「旦那様がこの日のために用意されたんですよ。時間が足りず既製品になってしまったと悔いていらっしゃいましたが」

そこでなぜ悔いるのかが分からない。

既製品でも十分どころか、私が着るために用意したというなら明らかにやりすぎだ。こんなに美しいドレスを自分が身に纏っていると思うと、頭がくらくらしてしまう。

ドレスだって、もっと相応《ふさわ》しい相手に着られたいに違いない。どんなにドレスが立派でも、中身が貧相では見られたものではないだろう。

だが驚きはそれだけではなかった。

恭《うやうや》しく別のメイドが運んできたビロード張りの箱。

その中に入っていたのは、品の良い耳飾りと青い宝石から作られた首飾りのセットだった。

思わず喉《のど》の奥から悲鳴が漏れる。

いくら世事に疎《うと》い自分でも、これらが大変高価であることぐらいは想像できる。

まさか私に身に着けろというのか。

恐怖で体が強張《こわば》る。どこかに体をぶつけて傷の一つでもつけようものなら、とてもではないが償《つぐな》いきれない。

だが何も言えなくなっている私が感動していると勘違いしたのか、メイリンを筆頭にメイドたちは目をキラキラさせている。

「こちらは代々公爵家に伝わる〝青の貴婦人〟です。これほど大きなブルーダイヤモンド、私も初めて見ました」

「なんて素敵なのかしら」

「やっと日の目を見て亡き先代の奥様もお喜びでしょう」

いや、間違いなく嘆いているだろう。

少し話を聞いただけで、私が着けるべきではないものだということがひしひしと感じられる。

「でも、大丈夫なのかしら。これって、イライザ様が嫁ぐ時にどうしてもお持ちになりたいと仰っていたのよね……？」

メイドの一人がぼそりと呟くと、和《なご》やかな雰囲気から一転してその場の空気が凍った。メイドは隣のメイドに肘《ひじ》打ちされて慌てている。自分の言葉が失言だと気づいたようだ。

イライザというのは、他ならぬ父モーリスが婚約破棄を突きつけた公爵令嬢で、クラウスの実の姉に当たる。

もしも顔を合わせたら、真っ先に謝らなければいけない相手だ。

黙り込む私を心配したのか、メイリンがまるで子供に言い聞かせるかのように優しい口調で言った。

「もともとこの青の貴婦人は、公爵家の至宝です。たとえ娘のイライザ様でも、嫁ぎ先に持っていくことは許されません。ですから、心配なさることはありませんよ」

メイリンは私を勇気づけるために言ってくれたのだろう。

それは分かる。

だがその言葉によって、私は更に気が重くなってしまった。

歴史ある公爵家の至宝だなんて、どう考えても私ごときが身に着けていい代物《しろもの》ではない。

かくなる上はドレスも全部脱ぎ捨てて、実家に逃げ帰るべきだろうか。あまりにも現実味がないとはいえ、そんな考えまで脳裏《のうり》を過《よぎ》る。

そうこうしているうちに出発の時間が迫り、メイドたちの手で青の貴婦人が装着されてしまった。

そして頃合いを見計らったかのように、クラウスが部屋まで迎えにやってくる。

首と耳が重い。

立ち上がるだけで一苦労だ。どこにも体をぶつけないよう、細心の注意を払う。

もはや礼儀作法どころではない。青の貴婦人を無事箱の中に戻すこと。それだけが今夜の私の至上命題となった。

部屋の外に出ると、こちらもまた正装に身を固めたクラウスが立っていた。

さすがに慣れているのだろう。クラウスは私のように衣装に着られることなく、立ち居振る舞いも様になっている。

クラウスは私の姿を見た途端、ぎくりと動きを止めた。

あまりにも似合わなくて驚いたのか。

ならば今からでも夜会行きを取りやめにしてもらいたい。

だが、その願いは叶わなかった。

彼は柔らかい笑みを浮かべると、私をエスコートすべく自《みずか》らの左肘を差し出す。

教えられていた通りその肘に軽く手を添えると、ほのかに海を思わせるさわやかな香水が香った。

「見違えたな。短期間でよくぞここまで化けたものだ」

どうやら今の私は化けているらしい。

確かに初めて出会った時とは雲泥《うんでい》の差だろう。

だがだからと言って、中身は所詮《しょせん》物慣れない貧乏貴族である。クラウスを見ていると、貴族を名乗ることすらおこがましいと思う。

そして私程度が化けたところでクラウスのような生粋《きっすい》の大貴族にはなれないし、なりたいわけでもない。

「お世辞は会場のご令嬢方に取っておいてください」

思わずそう言うと、クラウスはなんとも言えない顔をした。

それからしばらく考えた後、彼は何かを思いついたかのようにこう言った。

「令嬢方に世辞を言って回る趣味はない。お前には女避けとして活躍してもらうぞ」

私は弾《はじ》かれるようにクラウスを見た。

突然夜会に連れて行くと言い出したのは、このためか。

私は悟る。

きっと女避けにするために、絶対に逆らうことのできない私を利用することにしたのだろう。

今まで謎《なぞ》だったこの家に留め置かれている理由が分かった気がして、すっきりした気持ちになった。

だというのであれば、怖いだのなんだのとは言っていられない。

両親の罪を少しでも贖《あがな》うことができるのなら、全力で協力するだけだ。

「分かりました！　全力でそのお役目引き受けさせていただきます」

急に元気がよくなった私に、クラウスはなおさら驚いた顔をした。

こうして私たちは、夜会という名の戦地へと赴《おもむ》いたのである。

第三章　夜会にて

入場の際に朗々《ろうろう》とクラウスのフルネームが読み上げられると、会場中の空気が変わり沢山の視線が彼に集中したのが分かった。

思わず怖《お》じ気《け》づいてしまいそうになるが、クラウスはなんでもない顔でほほ笑んでいる。最初に出会った時の厳しい表情とはまるで別人だ。

私もロビンに厳命されているので、なんとか笑顔を保とうとした。貴族という生き物は、どんな時でも優雅にほほ笑んでいなくてはいけないらしい。

クラウスに吸い寄せられていた視線は、すぐに隣にいる私へと向かう。

驚きと戸惑いが手に取るように伝わってきた。

ついでに、若い女性たちから怒りの波動をいただく。

クラウスのパートナーという立場は、私が思う以上に重要な意味があるようだ。

とはいえ、怒りの感情を向けられることには慣れている。怒りを向けられたことで、むしろ緊張が少し和らいだくらいだ。

「ようこそいらっしゃいました。クラウス様」

人混みをかき分けるようにして、人の好《よ》さそうな男性がにこやかに近づいてくる。

ロビンによれば、王族の出席する夜会でもない限りクラウスは主賓《しゅひん》になることが多いので、最初に挨拶《あいさつ》に来る相手が会の主催者と思って間違いないとのことだった。

確かに傍《かたわ》らにいる使用人に指示を出しているし、この人が今日の主催者であるアーリンゲン侯爵なのだろう。

「お招きありがとう。アーリンゲン侯爵」

クラウスの言葉で、私は己の予想が正しかったことを知る。

もっとも、この場合正しいのはロビンのような気もするが。

挨拶が一段落すると、アーリンゲン侯爵の視線が私に向いた。

「可愛《かわい》らしいお客様をお連れですね。ご紹介いただいても？」

どうやら侯爵はクラウスと親しい間柄のようだ。彼は茶目っ気たっぷりにそう言うと、優しい目をして私を見た。

しかしその表情も、次の瞬間クラウスの返答によって凍り付く。

「ああ。彼女はアビゲイル。アビゲイル・スタンフォードだ」

「ス……スタンフォードですか」

クラウスは動揺する侯爵に構わず私の腰を抱き寄せると、いかにも親しげにこう言った。

「我が愛《いと》しの婚約者殿だ。侯爵もそのつもりでよろしく頼む」

声にならない悲鳴が聞こえた気がした。

話が聞こえる距離にいた人々は、皆一様に顔が引きつっている。

一方、私も前触れなく腰を抱かれたので大いに動揺していた。顔に出ていないだろうかと、そればかりが心配だ。

アーリンゲン侯爵はなんとか笑顔を保ったものの、笑顔が大いに引きつっていた。

その気持ちは痛いほどよく分かる。

やはりこういう反応になるよな。侯爵同様クラウスの無茶苦茶に振り回されている身としては、同情を禁じ得ない。

そこで私ははっと我に返り、挨拶のためスカートを摘《つま》んで軽く会釈《えしゃく》した。

「はじめましてアーリンゲン侯爵。アビゲイル・スタンフォードと申します。どうぞお見知りおきを」

ここで何かウィットに富んだジョークでも言えるとよかったのだが、今の私ではロビンに言われた通りの挨拶をするだけで精一杯だ。

「は、はは……クラウス様も隅《すみ》に置けませんな。このように美しい方を突然お連れになるとは」

侯爵の目が盛大に泳いでいる。

一方で、私の腰を抱いたままのクラウスは楽しそうに言った。

「ようやく婚約者を迎えることができたのでね。年甲斐《としがい》もなくはしゃいでいるんだ」

やけに距離が近いと思っていたら、頭の上でリップ音がした。

どうやらクラウスが私の髪に口づけたようだ。

これは誰だ。流れるように甘い言葉を吐くこの男は。

少なくとも、私の知るクラウスとは別人のようだった。

おかげで周囲からの刺すような視線が更に鋭くなった。視線で人が殺せるなら、私は間違いなく既《すで》に死んでいるはずだ。

女避けにするにしても、いくらなんでもやりすぎだと思う。

私の笑顔はもう限界だった。おそらく侯爵同様引きつっているに違いない。

そして侯爵の後方から、もう我慢ならないとばかりに令嬢が一人歩み寄ってくる。

「お久しぶりです。クラウス様」

年は私と同じくらいで、気の強そうな顔立ちをしている。侯爵と同じ目の色で、会話に割って入ってきたことから考えてもおそらく彼の娘なのだろう。

「ビビアンヌ嬢か」

「クラウス様ったらなかなか夜会にも出てくださらないから、わたくしとても寂しくしておりましたのよ」

「それはすまなかった。あまり華やかな場が得意ではなくてな」

「またそのようなことを仰って。グスタークとの友好式典では立派にその役を果たしていらっしゃったではありませんか」

挨拶もなく会話に突入したビビアンヌは、愛想よく笑う。

だが私に対して思うところがあるのは明らかで、その証拠に私が会話に入ってこられないよう巧妙に思い出話をするのだ。

わざわざそんなことをしなくても、会話に自《みずか》ら参加するなんて高等な技能は私にはないのだが。

「ビビアンヌ嬢。彼女は私の婚約者のアビゲイルだ。どうか仲良くしてやってくれ」

せっかくその場で置物になっていたのに、クラウスによって会話に引っ張り出されてしまった。

クラウスのすることには抗《あらが》えないが、流石《さすが》に少し恨みたくもなってくる。

「アビゲイル・スタンフォードと申します。どうぞお見知りおきを」

どうにか挨拶をすると、ビビアンヌは値踏みするような視線をこちらに向けてくる。

ちなみに挨拶を返す気はないらしい。

「スタンフォードというとスタンフォード伯爵家の縁者の方でしょうか？」

「伯爵の娘だ。今年で十八になる」

涼しい顔でクラウスが言う。

ただでさえ高い位置にあるビビアンヌの目じりが、更に吊《つ》り上がったのが分かった。

「スタンフォードというと、王妃殿下の――」

「ビビアンヌ！」

なにかを言いかけたビビアンヌの言葉を、慌《あわ》てた侯爵が遮《さえぎ》った。

「アビゲイル嬢に挨拶を。年が近いのだからよき友になれるよう努めなさい」

父親にそう言われ、ビビアンヌはようやく私に挨拶を返してきた。

このように故意に礼儀作法を無視することもあるのだなと、私はビビアンヌの態度を見て学んだ。ロビンから学んだこと以上に、実際の社交界では色々なことが起こるらしい。

父親に諭されたビビアンヌは、一転してしおらしくなると何かを思いついたかのように目を輝かせた。

「そうだわ。ではアビゲイル様に、わたくしのお友達を紹介してもよろしいでしょうか？」

「おお、それはいい。ぜひそうしなさい」

侯爵の言葉に後押しされるように、ビビアンヌは私の空いている左手を握った。それは握手なんて生易《なまやさ》しいものではなく、綺麗《きれい》にそろえられた爪が食い込んで痛みを感じるほどだった。

正直なところ、いい予感はしない。

閃《ひらめ》いた瞬間のビビアンヌは、私に難癖をつける時の伯母と全く同じ顔をしていた。これからどう相手をいたぶってやろうかという、狩りの前の獣《けもの》にも似た表情だ。

「彼女を紹介したい相手がいるから、それはまた後程――」

「いえ。一緒に参ります」

クラウスの言葉を遮って、私は言った。

鉄壁の笑みを崩さなかったクラウスが、初めて驚いたような顔をする。

別に本気で、友達に紹介してほしいと思ったわけではない。

クラウスと一緒にいて会場中の人間から値踏みされるより、ビビアンヌとそのお友達とやらに会う方がいくらかましだと思ったのだ。

それほどまでに、全身に絡《から》みつくような視線が今の私には不快だった。

ビビアンヌが本当に友人を紹介したいのならば、ここにその友人を連れてくればいい。それをしないのは、人目のないところで私を糾弾《きゅうだん》したいと考えているからだろう。

しかしその人目のない環境こそ、私の求めるものだった。

ロビンの『絶対に旦那《だんな》様から離れないように』という言いつけを早速破ってしまうことになるわけだが、ビビアンヌに逆らえなかったと後で言い訳することにしよう。

「嬉《うれ》しいわ。さあこっちにいらして」

ビビアンヌはおしとやかな笑顔とは裏腹に、信じられないほど強い力で私の腕を引っ張った。その細腕で、一体どこからその力が出るのだろうと不思議に思った。

唖然《あぜん》としているクラウスを置いて、私はビビアンヌと共に会場の奥へと向かった。

連れて行かれたのは、人気《ひとけ》のないテラスだった。

カーテンを閉めてしまうと、会場からは完全に隔離されてしまう。テラスはぽつぽつとかがり火がたかれているだけなので薄暗く、よっぽど近くでなければそこに誰がいるかも分からないような状況だ。

友達を紹介するとの言葉通り、ビビアンヌはそこにたどり着くまでに四人の令嬢と合流した。

総勢五人で、私を絶対逃がさないよう周囲を取り囲みフォーメーションを組んでいた。

やけに手慣れた様子だったので、おそらく気に入らない相手にはいつもこうしているのだろうなとぼんやり思った。

人目がなくなったのを確認すると、貼り付けていた愛想のいい笑顔をかなぐり捨て、怒りを露《あらわ》に眦《まなじり》を吊り上げる。

「本っ当に信じられませんわ。クラウス様にこんな害虫がつくなんて」

いきなりの害虫呼ばわりだ。

予想していたとはいえ、仲良くなる気ゼロのビビアンヌの態度に思わず笑いたくなった。

「まったくですわ。クラウス様に相応《ふさわ》しいのはビビアンヌ様です。それをまさかこのような――」

追従する令嬢は、どうやら先ほどの私たちの会話を聞いていたようだ。

ビビアンヌ以外、顔が分からないよう私からは距離を取っている。

美しく着飾っていても、していることはいじめっ子のギルバートと同じだ。

ギルバートもまた、手下を使って私を取り囲み絶対的な優位に立とうとした。むしろ彼女たちは暴力に訴えないだけ、ギルバートの百倍ましだと思う。

重いドレスを纏《まと》っていては、私を殴ることも蹴《け》ることもできないだろう。

「それもまさかスタンフォードの娘だなんて……」

ビビアンヌが忌《い》まわしそうに爪を噛《か》む。

「聞いたことのない名前だわ。あなた、知っていて？」

「いいえ。どこの田舎貴族かしら」

どうやらビビアンヌ以外、スタンフォードの名は知らないようだった。

見たところ全員が私と同年代くらいなので、生まれた頃に没落した伯爵家の名など知らなくて当然だろう。

むしろ婚約破棄を不名誉に思ったアスガル公爵家が、緘口令《かんこうれい》を敷いた可能性もある。

するとビビアンヌは訳知り顔をして、心底軽蔑《けいべつ》するように言った。

「ふん。妃殿下との婚約を破棄し、男爵令嬢と結婚した馬鹿《ばか》な伯爵の名ですわ」

先ほども思ったが、どうやらビビアンヌは過去の事情を知っているらしい。

「まあ、妃殿下と？」

「陛下とご結婚なさる前にそのようなことがあったなんて！」

顔は見えないが、王室のゴシップの気配に令嬢たちの声が華やいだのが分かった。

それにしても、父が婚約破棄したアスガル公爵家の令嬢が妃殿下になったというのは初耳だ。

妃殿下ということは現国王の妃ということだ。

父と結婚するよりそちらの方が余程公爵家にとって益だったのではとぼんやり思う。

「その話、僕にも詳しく聞かせてもらえるかな？」

すると突然、庭木をかき分けるようにしてそこに新たな人物が現れた。

かがり火に照らし出されているのは、白地に金糸の刺繡《ししゅう》とモールが付いた豪華な衣装の少年だ。

声変わり前の声は澄んでいて、耳に心地いい。長い金髪を三つ編みにして背中に垂らしており、ブリーチズを穿《は》いていなければ女性だと勘違いしたに違いない。

「わ、わたくし用事を思い出しましたわ」

「失礼しますわ」

ビビアンヌに追従していた令嬢たちは、少年の姿を見た途端顔を隠すようにしてテラスを出て行った。

ここで吊るし上げをしていたなんて知られたくないのだろう。

あっという間に孤立無援となってしまったビビアンヌは、顔を大きくゆがませて私から距離を取

った。

「わたくしも失礼いたしますわ」

その声には隠し切れない苦渋が滲《にじ》んでいた。

大人しくついてきたのに、なんだか必要以上に恨みを買った気がしてならない。

こうしてまるで蜘蛛《くも》の子を散らすように、あっという間にテラスは私と少年の二人きりになってしまった。


少年と一緒に取り残されてしまい、私は困惑していた。

一応この少年のおかげでビビアンヌたちから解放されたわけだから、礼を言うべきなのだろうか。

ぼんやりしていると、先ほどの少年が近づいてきた。

パチパチとかがり火の音がする。

照らし出された白い顔は中性的だ。そして髪色こそ違うものの、かすかにクラウスの面影《おもかげ》があった。一瞬彼の息子かと疑ってしまったほどだ。

私ははっとして、挨拶するべく腰を折った。

クラウスの親類だとしたら、高位貴族に間違いない。

「はじめまして。アビゲイル・スタンフォードと申します」

するといい、少年が優雅に笑った気配がした。

「はじめまして。僕のことはレオと呼んで。ところでさっき君たちの話が聞こえてしまったんだけれど、妃殿下がかつて婚約破棄されたという話は本当なんだろうか？」

レオにはビビアンヌの話がほぼすべて聞こえていたようだ。

私は困ってしまった。あまり子供に聞かせるような話ではないだろう。

だが少年はまっすぐに私を見つめ、大人びた顔でほほ笑んでいた。だがその顔には有無を言わせない迫力のようなものを感じさせる。泰然とした笑みとでも言えばいいのか。

どうせ隠しても調べれば分かることだと思い、私は自分の両親が結婚したあらましについて知っていることを伝えた。

父である現スタンフォード伯爵が、アスガル公爵家との婚約を一方的に破棄したこと。

そのうえ男爵令嬢をはらませ、結婚したということ。なにより、その時にできた子供が自分であるということ。

「アスガル公爵家のご令嬢が国王陛下に嫁《とつ》いだのは、私も先ほど初めて知りました。お幸せになられたのですね」

生まれた時から存在自体が罪のように言われてきた私にとって、公爵令嬢が王家に嫁いだ事実には少なからず慰《なぐさ》められる思いがした。

結果論に過ぎないが、格下の伯爵子息であった父に嫁ぐよりも、そちらの方がずっと幸せだろうと思ったからだ。

だが私の言葉に対し、レオは大人びた顔で口元をゆがめた。

「確かに王妃はアスガル公爵家の娘だけれど、幸せかは分からないな」

などと不穏なことを言う。

私は現在の王妃がどうなっているのか、何も知らない。

クラウスに尋ねればきっと現在の状況ぐらいは話してくれただろうが、果たして尋ねてもいいものか躊躇《ちゅうちょ》してしまう。

なにより今日まで様々な勉強に忙しく、それどころではなかったというのが一番の理由だ。

けれどもそれは、もしかしたら無責任なことだったのかもしれない。

だいたい、冷静に考えてみれば婚約破棄した側が、幸せになったのならよかったねなんて言っていいはずがないのだ。

私は自分の無責任な発言を恥じた。

「確かに、スタンフォード家の人間が言っていい言葉ではありませんでしたね。不快にさせたのなら申し訳ありません」

私が謝ると、レオは予想外のことを言われたとばかりに息をのんだ。

「いや、違うんだ。君を責めたかったわけじゃない。ただ王妃という立場が幸せかどうかは、分からないと言いたかっただけで」

焦っているところは、年相応に見える。

私は思わず笑ってしまった。

先ほどから大人びて見せたり子供っぽかったり、レオは忙しい。

今まで年下の人間と接する機会がほとんどなかったので、貴族の子供はこんな感じなのかと感心する。

「ありがとうございます。レオ様はお優しいんですね」

笑う私を、レオはぼんやりと見ていた。

もしかして笑ったことが気に障《さわ》ったのかもしれないと不安になった。それともおかしなことを言っただろうか。

なにせどこに出しても恥ずかしい夜会初心者だ。

「レオ様？」

名前を呼ぶと、レオははっとしたように言った。

「……あなたは、とても素直な人だね」

これにはこちらが驚いてしまった。

「そんなことは初めて言われました」

「そう？　すぐに謝ったり、間違えを認めたり、そうできることではないよ」

遠い目をしたレオは、やけに疲れた口調で言った。

一体彼は何を思い返しているのだろう。

「自分が間違っていると認めるのはとても難しいことだ」

「私は物を知らないので、教えてもらったことを覚えることしかできないんです」

「いいね。みんなそうならいいのに」

なんだか目の前にいるのに、遠くの人と話しているような不思議な感覚がした。

きっと生まれながらに貴族として生きてきたレオと、貴族の端っこでおまけのように生きてきた私では、物の見え方や考え方が根本的に異なるのだろう。

「みんなが私のようではきっと困ってしまいますよ。碌《ろく》に礼儀も知らないんですから」

「そうなのかい?」

私は深く頷《うなず》き、握り拳をつくった。

「そうです。毎日礼儀作法の先生にしごかれています」

「そうは見えないけれど……」

「いいえ、今も何かやらかすんじゃないかとはらはらしています」

そう言ったところで、淑女が握り拳をつくってはいけないという当たり前のことに思い至り、拳を解いた。

誤魔化すように手をパタパタと振ると、レオがくすくすと笑う。

その顔からは先ほどまでの陰が消えていた。

「大丈夫だよ。何も見ていないから」

「……ありがとうございます」

夜会の夜の、なんとも不思議な出会いだった。


「そろそろ行かないと」

名残惜《なごり》しさを覚えながらレオと別れた後も、私は少しの間テラスでぼんやりとしていた。

アスガル公爵家を訪ねてから今日まで毎日があっという間で、今でも何日かに一回これは夢なんじゃないかと思う。

今頃実家はどうなっているだろう。

両親は私がいなくなって困っているだろうか。それとも、もとより私に興味がなかった人たちだ。何事もなく過ごしているだろうか。

そこで、俄《にわ》かに室内が騒がしくなった。

何かと思って会場をのぞき込むと、クラウスが息を切らしてそこに立っていた。

思わぬ再会に呆気《あっけ》に取られてしまう。

再会といっても、別れてから一時間も経《た》っていないと思うが。

一体会場で何があったのか、クラウスは周囲の視線を集めていた。

彼はそれをものともせずテラスに侵入すると、しばらくは黙って乱れた息を整えていた。

どうしたのかと聞けぬまま、クラウスの言葉を待っていると。

「なぜ一人になっているんだ！」

乱れたタイを直しながら、クラウスが言った。

まさかそんなことを言われるとは思っていなかったので、驚きで頭が真っ白になってしまう。

「ええと……」

クラウスは私の返答を待たず、矢継ぎ早に言葉を続けた。

「友人が欲しいのなら、別の相手を紹介してやる。だから頼むから、今日のようによく知らない相手について行ってくれるな」

そんなことを言われても、私にとってはクラウスだってよく知らない相手だ。

よく知らない人とよく知っている人をどこで線引きすればいいのか、判断が難しい。

だがこんなことを考えていると知られたらもっと怒られそうなので、流石に黙っていたけれど。

「……申し訳ありません」

どうしていいか分からず謝ると、クラウスは気まずそうな顔をした。

そして大きなため息をつく。

「いや、俺の方こそ悪かった。突然怒鳴りつけたりして」

どうやら私は怒鳴られていたらしい。

伯母に怒られている時に比べたら、怒りなんてほとんど感じなかった。なのでまさか怒鳴られていたとは。

「何か言われたか？　もし許せないようなことをされたのなら、俺の名で侯爵家に正式に抗議するが」

思いもよらぬ申し出に、慌てて首を左右に振った。

「い、いいえ。なにも」

「本当か？　お前は自分への悪意に対して鈍いから」

そうなのだろうか。

一応悪意を持たれているということは認識しているつもりだが。

あまりにも多方面から向けられるせいで、反応が鈍くなっていることは否定しないが。

「どうしてそこまでしてくださるんですか」

それが私の偽らざる本心だった。

こうしてドレスやアクセサリーを用意するだけでなく、彼は私に教育を与え、あまつさえ私を心配しているようなそぶりを見せる。

そんなことをしてもなんの益にもならないのに。

本気で意味が分からなかった。

クラウスはこちらの考えを探るようにじっと私の目を見つめた。

青い目が闇の中で、濃紺《のうこん》に染まっている。

吸い込まれそうで恐ろしくなり、私はつい目を逸《そ》らしてしまった。

「婚約者のことを心配するのは当然のことだ」

「そもそもどうして婚約者なんですか。こんな小娘が」

この日の私はおかしかった。

だから普段公爵家にいては聞けないことまで、こうして口にしてしまえるのだ。

クラウスを絶対的に是《ぜ》とするロビンやメイリンの前では、嘘《うそ》でもこんなこと口にできない。

かがり火にくべられている薪《まき》の爆《は》ぜる音がした。

橙色《だいだいいろ》に照らされたクラウスはまるで彫刻のようだ。

彼は何も言わずに立ち尽くしている。

「今日、分かったことがあります」

「なんだ」

「こうしてドレスを着て身を飾っても、私はちっとも嬉しくない」

どうしよう。

こんなこと言いたくないのに、口が止まらない。

クラウスが驚いたように目を見開いている。

「優しくされるほど、いつ放り出されるのかと辛くなります。いつか放り出されるなら、最初から優しくされない方がましです」

言ってから、それが私の本心なのだと気が付いた。

唯一優しかった祖父に恨まれていたと知ってから、私はすべてを諦《あきら》めて生きてきた。

自分が誰かに愛されるはずなどない。憎まれて当たり前なのだと。

こういうものだと思ってしまえば、どんなひどい境遇でも受け入れられた。

最初から自分を嫌いだと知っている相手に何を言われようと、心は傷つかない。


——傷つくのは、一度心を許した相手に裏切られる時だ。


だから誰にも心を許したくない。優しくされたくもない。

言葉にすると、妙にすっきりとした気持ちになった。

これでようやく放り出してもらえる。もう誰かに失望されるかもしれないと、怯えることもない。

勉強したりマナーを習うのは楽しかったけれど、やはり貴族らしい生活など私には似合わないのだ。

結果として、夜会はひどく気まずいものとなった。

私の教育が間に合わずダンスへの不参加は予定通りだったが、クラウスは何かを考え込んでしまいほとんど喋《しゃべ》らなくなってしまったのだ。

それでも当初の予定通り、各有力貴族への挨拶は行った。

ほとんどクラウスが喋っていて、私は相槌《あいづち》を打つだけだったけれど。

皆私がスタンフォードの人間だと知ると驚いたように目を見開き、だがさすが有力貴族というべきかそれ以上の反応は見せなかった。

きっと自信満々で吹聴するビビアンヌが特殊な例だったのだろう。

彼らは笑顔を絶やさず、私を褒める余裕までみせた。

心の中では違うことを思っているんだろうなということが、伝わってきたけれど。

そんな中で唯一、反応の違う人がいた。

「なに？　スタンフォードの娘？　どれどれ」

それは豊かな髭《ひげ》を蓄えた恰幅《かっぷく》のいい男性だった。

声が大きく、最初に引き合わされた時はびっくりしてしまった。

「こんな娘がいるとは知らなんだ。どうだお嬢さん。うちの息子の嫁にでも」

「やめてください。彼女は私の婚約者ですよ」

クラウスも他の貴族と話している時とは違い、くつろいだ表情を見せていた。それだけで、二人が随分《ずいぶん》と古い付き合いだというのが伝わってきた。

彼はバレーヌ伯爵と名乗り、自らを変わり者だと評した。

今日のために叩き込まれた貴族名鑑によると、バレーヌ家もまた古くから続く名門だ。

「これはめでたいな。孤高のアスガル公爵が結婚とは。結婚したあかつきにはうちの息子にもよくよくその良さを言い聞かせてくれ。あいつが片付かんと、おちおち引退もできん」

どうやらバレーヌ伯爵の息子と、クラウスはとても仲がいいようだ。

きっと伯爵を含めて家族ぐるみの付き合いなのだろう。

「アビゲイル。卿《きょう》とは古い付き合いなんだ」

先ほどまで完全無敵の笑顔を張り付けていたとは思えないくつろいだ表情で、クラウスは言った。

「はじめまして。アビゲイル・スタンフォードと申します」

伯爵は顎鬚《あご》を撫《な》でながらじろじろと私を見下ろし、そして言った。

「それにしてもこんな幼い子をつかまえて。お前年下趣味だったのか」

「伯爵!」

クラウスが焦ったように言う。

「アビゲイルは十八歳ですよ。年下なのは否定しませんが」

「随分と小さいなあ。ちゃんと食べんと大きくなれんぞ」

伯爵はそう言って大きな手で私の頭を撫でた。

発育が悪いので実年齢より下に見られるのは慣れっこだが、完全に子供扱いだ。

しかし、とにかく悪い人でないことは伝わってきた。

少なくとも感情の読めない他の貴族たちより、ずっと付き合いやすそうだ。

それからも幾人かと挨拶をし、あまり夜が深くならないうちに私たちは夜会を辞することにした。

どうやら今日の目的は達したらしい。

時間にするとそれほど長い時間でもなかったが、沢山の人に会って私はすっかり疲れてしまっていた。

玄関ホールで公爵家の馬車が来るのを待っていると、人混みの中から聞き覚えのある声が聞こえた。

「クラウス様！」

大きく広がったドレスをどうにかさばいてやってきたのは、ビビアンヌだった。

余程急いで来たのか、取り巻きも連れていない。

彼女は私の存在などまるでないもののように、一心にクラウスを見つめていた。

「本当ですか？　もう帰ってしまうなんて」

「これはビビアンヌ嬢。侯爵には見送りは不要と言っておいたのですが」

語調は柔らかだが、クラウスはどこか不機嫌そうだった。

「夜会はまだまだこれからです。せめて一曲踊っていきませんか？」

「残念ですが、パートナーの調子がすぐれませんので今日はお暇《いとま》させていただきます」

クラウスはちらりと私に目をやった。

ビビアンヌが鋭い目で私を睨《にら》みつける。

だがすぐに、何かを思いついたように笑顔を作る。

「それでしたら無理にお帰りなさらず、当家で休んでいかれた方がいいですわ！　もしもの時のために医者も待機しておりますし」

夜会のために医者まで用意しておくなんて、流石侯爵家だなと私は感心した。

だが私の調子がすぐれないというのはただの方便なので、残念ながらそれでクラウスの気が変わることはないだろうなと思った。

クラウスは抱きつく一歩手前まで身を寄せてくるビビアンヌの肩を摑《つか》み、距離を置いた。

顔には優雅な笑顔が浮かんだままだ。

「ビビアンヌ嬢。あなたが私のパートナーを連れ去ったことについて、私は些《いささ》か気分を害しております。これ以上の自由な振る舞いはお控えください。でなければ、私も侯爵との付き合いを考えねばいけなくなります」

穏やかだが毅然としたクラウスの言葉に、ビビアンヌの顔からさっと血の気が引くのが分かった。

「どうして!?　今まで一度もそんなこと……」

「あなたの我がままに付き合うのは、うんざりだと言っているんです」

クラウスはとても低い声で言った。周囲の騒がしさに紛《まぎ》れてしまうほど小さな声だったが、ビビアンヌにはそれで十分だったようだ。

彼女はふらふらと後ずさりし、その場に尻《しり》もちをついてしまった。

「誰か来てくれ。ビビアンヌ嬢の体調が思わしくないようだ」

すぐに使用人たちが集まってきた。

ビビアンヌのお付きと思われる侍女が付き添い、彼女は会場に戻ることなく建物の奥に引っ込んだ。

大丈夫だろうかと様子を窺《うかが》っていたが、御者が呼びに来たので私たちは侯爵家を後にした。

初めてという以上に、本当に色々なことがあった夜会だった。


クラウスには思惑があった。

それは実の姉で王妃でもあるイライザにこちらから接触するのではなく、あえて餌《えさ》をまいてあちらから接触してくるよう仕向けるというものだ。

今まで独身を通してきたクラウスが、親類でもない女性をパートナーとして夜会に出席すれば必ず噂《うわさ》になるだろう。

しかも相手が因縁あるスタンフォードの娘で、姉の欲していた青の貴婦人で着飾っていればなおさらだ。

噂は必ず王妃であるイライザの耳に入る。

そこで姉がどういう反応に出るかによって、クラウスも己の方向性を定めようとしていた。

こう言うと、どうして家族相手にそんなまどろっこしいことをと思う者もあるだろう。

だがクラウスにとって、年の離れた姉であるイライザは幼い頃から行動が読めず油断のならない相手だった。

物心ついた時から、アスガル家の中心にはイライザがいた。

ブルネットの髪に、気の強そうな顔立ち。クラウスと同じ青い目。社交界にその人ありと謳《うた》われた美貌《びぼう》。

だが彼女を語る上で、重要なのはそんなことではない。

クラウスも実際には目にしていないが、幼い頃からイライザは未来を見ることができた。

未来の出来事を言い当て、災禍《さいか》から公爵家を守る。

言葉だけ聞くと胡散臭《うさんくさ》いことこの上ないが、その実例は多岐にわたり偶然だと一笑に付すにはあまりに有用すぎた。

おかげで古い使用人の中にはイライザを神聖視する者が多く、ロビンなどはその筆頭である。

父である前アスガル公爵は、イライザの未来視を活用することで公爵家の栄光を確かなものにした。

ゆえにクラウスの記憶にある限り、公爵家はいつも豊かであった。

だから例のスタンフォードとの盟約というのは、それ以前に締結されたものなのである。

それは三代前の公爵の折、クラウスの曽祖父にあたる公爵が、時の王の毒殺を企《くわだ》てたとして捕縛《ほばく》されたことに端を発する。

反逆は大罪である。

企てた者は仔細《しさい》関わらず死刑。家は取り潰しになり、遺恨を断つため直系の者は連座して処刑となってしまう。

勿論《もちろん》曽祖父の孫であった父もその対象となり、イライザやクラウスが生まれる前に公爵家は絶える運命にあった。

それを救ったのが、当時高等法院の官僚をしていたスタンフォード伯爵だと聞いている。

伯爵は毒殺未遂事件に疑問を持ち、徹底的に調査した上で真犯人を見つけ、アスガル公爵家の汚名を返上したのだ。

それに当時の公爵は深く感謝し、多額の謝礼金を申し出た。

ところが清廉潔白《せいれんけつぱく》の人であったスタンフォード伯爵はそれを固辞した。

公爵はそれに感動し、どうにかしてスタンフォード伯爵に恩を返したいと考えたのである。

そして公爵は一計を案じ、公爵家に女の子が生まれた場合にはスタンフォード伯爵家に嫁がせ、その持参金として多額の金を贈ると言い残したのである。

だが残念ながら公爵家は祖父の代でも父の代でも女児に恵まれず、ようやく生まれたイライザこそ待望の女の子であった。

長年祖父にこのことを言い聞かされて育った父はその遺言に従い、スタンフォード家へイライザの結婚を打診。

折よく年の近いモーリスがいたため、無事婚約となったのである。

だが事情を知っていれば納得のいく婚約も、公爵家と伯爵家という家格の違いから訝《いぶか》しむ貴族は少なくなかった。

理由を説明しようにも、かつての公爵が冤罪《えんざい》とはいえ反逆の罪に問われたという話はあまりにも外聞が悪い。

そう思っていたのはイライザとモーリスも同様だったように思う。

イライザは父親から事情は聞かされていたものの、明らかにモーリスとの結婚を快《こころよ》く思っていなかった。

気の強い彼女の性格も相まって、モーリスにはいつも辛く当たっていた。

モーリスはモーリスで、どうして自分がイライザと結婚することになったのか、よく分かっていなかったようだ。

公爵家の人間からすればこの婚約は必然だが、スタンフォードからすれば恩に着てほしかったわけではないので当然かもしれない。

そしてだからこそ、モーリスが婚約破棄を言い出した時は周囲も納得してしまった。

もし彼が穏便に先代公爵に婚約破棄を申し出ていれば、きっとそれは叶ったことだろう。

だが思い余ったモーリスは公衆の面前で婚約破棄を宣言した上、恋人である男爵令嬢の胎《はら》には既に子がいると宣言してしまった。

格下の伯爵家からこんな形で婚約を破棄されるなど、貴族としても令嬢としても大変に屈辱《くつじょく》的だ。

愛する娘と家名に泥をかけられた公爵は怒り、盟約をかなぐり捨てて婚約破棄に同意し逆に伯爵家の排斥《はいせき》へと舵《かじ》を切った。

それが現在に続く二家の歪《いびつ》な関係の原因なのである。

当時幼かったクラウスは概要しか知らないが、それでもモーリスがどうしてそんな無茶をしたのかという疑問はあった。

もしそれがモーリスの言った通りイライザの思惑であったとしたら——。

そんなこと普通の人間には到底不可能だが、姉にならば可能かもしれない。あの未来視を持つ姉ならば。

しかしそれが本当だとすると、公爵家は命の恩を返すこともなく、あまつさえスタンフォードを貶《おとし》めた卑劣な一族ということになってしまう。

誰が知ることはなくても、クラウスはその現状が我慢ならない。

アビゲイルに出会ってからは、特にそうだ。

彼女は何も悪いことなどしていない。そして自分を窮地に追い込んでいる原因の両親や公爵であるクラウスを、恨みすらしない。

ただただ申し訳がないと謝罪し、償《つぐな》うと言うのみだ。

新たな事実が浮かび上がってきた今、公爵家の身勝手さには改めて胸が痛む思いである。

あの日気まぐれでアビゲイルを追い返さなかった自分を、クラウスは褒めてやりたいと思う。

目の前の少女は、あの日とはまるで別人のようだ。

痩《や》せた体には肉が付き、こけていた頬《ほお》には丸みが戻りつつある。時間が足りずフルオーダーできなかったのが悔やまれるが、流行《はや》りの工房が手掛けたドレスは既製品であっても公爵の婚約者として十分と言える仕上がりだった。

メイドたちはどうやら姉が嫁いで以来任されることのなくなった女性の夜会支度に奮闘したらしく、家事雑事で傷ついていた手にはレースの手袋がはめられ、日焼けした頬には不自然に見えないよう白粉《おしろい》がはたかれていた。

だが何よりも印象的だったのは、着飾っても変わることのないアビゲイルの目だった。

彼女は現在の状況に舞い上がることもなく、ただ冷静にこちらの本質を見据《みす》えているように見えた。

その目には何もかも見透かされてしまいそうで、社交界で海千山千の相手とやり合うクラウスにとっても恐ろしいほどだ。

事実、こんなことをされても嬉しくないと断言する彼女に、クラウスは大層驚かされた。

そして、後悔した。

彼女に青の貴婦人を着けさせたことを。

姉はそれによって、アビゲイルを恨むだろうか。

そしてクラウスは気づく。自分のしたこともまた、軽蔑していた他の大人たちがしたこととなんら変わらないのだと。

それは彼女に余計な荷物を背負わせて、安全な場所から見ているような行為だった。

だが素直に謝るには、クラウスは大人になりすぎていた。口で謝るだけなら簡単だ。だが結果をこの手で解決してようやく、贖《あがな》ったと言えるだろう。

つまり姉がどう出るか結果が出てみないことには、贖うことすらできはしないということだ。

クラウスにとって、落ち着かない日々が続いた。

アビゲイルが屋敷にやってきて以来、彼女のことを考える時間が増える一方だ。

そしてクラウスはまだ、自分が持てあましているこの感情の名前を知らなかった。

第四章　過去の清算

初めての夜会を終えてもう十日になる。

慣れないドレスを着て、沢山人がいる煌《きら》びやかな場所に出た。

帰ってきてから私は気疲れのせいか熱を出してしまい、三日ほど寝込んだ。

だからかもしれない。公爵家の屋敷に戻って以来、クラウスの様子がなにか変だ。日課になっていたお茶会もなくなり、食事も一緒ではなくなった。

前まで忙しい日でなければ夕食は一緒にとっていたのに。

やはりあの日、思っていることをクラウスにぶつけたのがよくなかったのだろうか。

気分を害したのなら追い出されそうなものだが、今のところ出て行けとは言われていない。家庭教師やロビンによる授業もそのままだ。

ただ、クラウスに会えない。

同じ屋敷に暮らしているはずなのに。ずっと遠い人だと思っていたはずなのに、いざ会えなくなるとどうしているのかと気になってしまう。

そもそもどうしてあんなことを言ってしまったのだろう。

クラウスは今まで出会ってきた人の中で、一番親切にしてくれた人だ。

だが私はその優しさを拒絶してしまった。どうしてあんなことを言ってしまったのか、自分のことなのに今も自分の気持ちが分からない。

「何か気になることがおありですか？」

メイリンに尋ねられ、私ははっとした。

気分転換にと公爵家の庭を散歩していたのだが、どうやら考え事をして上の空であることがばれてしまったようだ。

「あ……ごめんなさい。ぼんやりしてしまって」

そう言うと、メイリンは気遣わしげに近づいてきた。

「病み上がりなのですし、あまりご無理をなさっては」

「熱は知恵熱だと言われましたし、もう平気です」

そう言ったのだが、メイリンの顔は晴れない。

そして彼女は突然怒ったように眉を吊《つ》り上げる。

「大体旦那様も旦那様です。どれだけ忙しいか知りませんが、夜会以来会いにもいらっしゃらないなんて！」

直接の雇用主であるクラウスを悪《あ》しざまに言うメイリンに、こちらの方が驚いてしまった。

「やめてメイリンさん。私は今の扱いに十分満足しています。だからそんな風に言うのは……」

「ですが奥様！」

メイリンは何度訂正しても未だに私のことを奥様と呼ぶのだ。

なので面倒になってわざわざ訂正しなくなってしまった。

「奥様は平気なのですか？」

メイリンは私の気持ちを探るようにこちらをじっと見つめてくる。

彼女は一体どんな返事を望んでいるのだろう。

私はぼんやりとクラウスのことを思い浮かべる。脳裏《のうり》に浮かぶのは最後に見た、夜会の夜のクラウスだ。

彼は馬車の中でずっと何かを考えるように黙り込んでいて、屋敷に着いて就寝の挨拶《あいさつ》をする時も考え事をしている様子だった。

けれど彼が何を考えていようと、私には関係がない。

そのはずだ。

そう思うのに、どうしてこんなに気になるんだろう。

「よく……分からないの」

嘘偽《うそいつわ》りのない、それが私の心からの答えだった。

メイリンとそんなやり取りをしていると、突然思わぬ相手から声をかけられた。

「おやおやこれは、アビゲイル様ではありませんか」

私は我ながらものすごい勢いで振り向いた。

それはその声の持ち主に覚えがあったからだ。

そして予想通り、振り向いた先には見知った人物が立っていた。

ひょろりと背が高く、開いているのか判断に困るような細い目をした男性。

「カミル……さん？」

カミルは伯父の経営するモーリッツ商会で若いながらに番頭を務める人物だ。

伯父はよく彼のことを、狐《きつね》に似ていると言ってからかっていた。

商人としては才能のある男なのだと思うが、私自身はあまり言葉を交わしたことがないのでその人となりまでは知らなかった。

個人的に言葉を交わしたことも数えるほどだ。

そんな彼が、どうしてここにいるのだろう。

カミルは私の目の前まで来ると、優雅にお辞儀をしてみせた。叔父の商会は貴族との取引もあると聞いているから、基本的なマナーは身についているのだろう。

「ご無沙汰《ぶさた》しております。お元気そうで何よりです」

カミルは一人ではなかった。後ろに一人、荷物持ちらしい男性を伴っている。

「え、ええ」

戸惑いつつ、私は返事をした。

だが言葉が続かない。そもそも親しく挨拶をかわすような間柄ではないのだ。名前を呼ばれたのも初めてかもしれない。

カミルが伯爵家に来る時は、決まって伯父のお供だった。

彼は従兄《いとこ》のギルバートのように暴力こそ振るわなかったが、私に対しては徹底した無関心を貫いていた。

「旦那様がお喜びでしたよ。これでアスガル公爵家と縁ができると」

カミルはその細い目をより一層細めて笑みを作った。

彼にとっては喜ばしいことなのかもしれないが、私は石を飲んだような気持ちになった。

あのような家と、クラウスは縁を持つべきではないのだ。

なのに私がここにいるせいで、欲深い伯父を喜ばせてしまっている。おそらくは伯母も同様だろう。

ここにやってきた当初よりも、そのことが今はどうしようもなく耐え難《がた》い。

私が返事をせずにいると、事情を察したのかメイリンが私とカミルの間に割って入った。

「アビゲイル様のご実家の方とお見受けしますが、庭に入る許可はお持ちですか？」

決然と言い放つメイリンに対し、カミルはちっとも気にした様子はなく言い返した。

「おやおや、これは失礼。公爵閣下からのお呼びと伺《うかが》い訪ねましたら、ポーチからアビゲイル様のお姿が見えたもので」

カミルの言葉に驚き、思わず尋ね返す。

「クラウス様が？」

「ええ。おっと、お待たせするわけにはいきませんね。それではこれで失礼を」

そう言って、カミルは呼び止める間もなく立ち去ってしまった。

どうしてクラウスはカミルを呼び出したのだろうか。クラウスの目的が気にはなったが、現在の状況では直接確認することもできない。

結局気分は晴れないまま、私は散歩を終えた。


突然クラウスに呼び出されたのは、それから数日後のことだった。

家庭教師の授業中だったので、私はとても驚いた。

クラウスはいつも私に用事がある時、かならずこちらの都合を聞いてから予定を立ててくれていたからだ。

しかも呼びに来たのは家令であるロビンだ。

どうして数いる使用人の中から、彼が呼びに来たのか不思議だった。ロビンは公爵家の雑務を統括する立場にあり、更に私のマナー監督までしているので日頃とても忙しくしているのだ。

そのロビンが直接伝えに来るほどなのだから、一体どんな用事だろうと部屋に入る前から私は緊張していた。

ついに先日の夜会で投げかけた言葉の答えが、返ってくるのかもしれない。

公爵家の当主にあれだけ言ったのだ。むしろすぐに追い出されなかったのが不思議なくらいだ。

連れて行かれたのはクラウスの執務室ではなかった。今まで一度も入ったことのない部屋だ。

心の準備だけはしっかりして行こうと、部屋に入る前私は大きく深呼吸をした。

「案ずることはありません。旦那様は悪いようにはなさりません」

扉を開ける前に、ロビンが突然こんなことを言い出した。今まで授業以外では必要最低限しか話してくれなかった相手だ。なので私はいよいよ驚いてしまった。

態度にこそ出さないが、彼は今でも私に出て行ってほしいと思っているはずだ。

それなのに案ずるなとは一体どういうことなのか。

だがその疑問を問いかける前に、ロビンはノックをして扉を開けてしまった。

部屋の中は落ち着いた調度品でまとめられていた。どうやら応接室のようだ。部屋の広さから考えて、私が最初に通された応接室よりも格の下がる部屋だと思われる。

中では接客中らしく、奥のソファにクラウスが座り、手前のソファには男女が腰掛けていた。

本当に部屋に入ってよかったのだろうかと戸惑っていると、クラウスが待っていたとでも言いたげに視線を上げた。

「アビゲイル、こちらへ」

クラウスは自分の隣に目をやった。そこに座れということらしい。

覚えたてのマナーによれば、この場合客人に挨拶するのが先なのではと首を傾《かし》げる。

だがロビンはクラウスの不作法に表情一つ変えない。

そしてすぐにその理由が知れた。

「アビゲイル！」

聞き覚えのある声に名前を呼ばれ、驚いた。

咄嗟《とっさ》に声のした方向を見れば、部屋の隅《すみ》に控えるようにして従兄のギルバートが立っているではないか。

久しぶりに見た従兄の姿に、思わず体が竦《すく》んだ。

癒《い》えたはずの腹部の痣《あざ》が、じくじくと痛む気がする。

そしてギルバートの声に呼応するように、ソファに座っていた二人組が振り返った。

そこに座っていたのは、商いを営む伯母夫妻だった。伯母は私が公爵家へ来ることになった原因でもある。

一気に過去に心が引き戻された心地がした。公爵家での充実した日々が、すべて夢だったかのような。

「誰が発言を許した」

一瞬誰が発したのか分からないほど、それは低い声だった。

ロビン以外部屋の中にいた全員が、小さく震えた。

クラウスの声だと気づいたのは、一瞬後のことだ。

「アビゲイル」

クラウスは気を取り直したように私を呼ぶと、鋭い視線を客人たちに向けた。

言葉にせずとも、二度と許可のない発言は許さないと威圧するかのようだった。

私は大人しく彼の言葉に従い、ソファの隣に並んだ。

けれど伯母夫婦を目の前にして腰掛けることはできなかった。おかしなことにならないと分かっていても、彼らからすぐに逃げ出せるようにしておきたかったのだ。

私の意図を察したのかは分からないが、クラウスは無理に座るようにとは言わなかった。

「さて、あなた方を呼んだ用件はもう分かっているな?」

クラウスの言葉に、伯父の顔が引きつっている。

どうやら伯母夫妻が望んでここにやってきたわけではなく、クラウスの方から彼らを呼び出したようだ。

「公爵様。アビゲイルは我々の可愛《かわい》い姪《めい》でございます。もしご結婚ということであれば、協力を惜しみませんとも。私も手広く商いを行っておりますので、結婚式に必要と言うのであればどんな品でもご用意いたします」

伯父は見たこともないような笑顔でそう言った。

家族といる時は無表情でいる印象のある人だが、仕事となると自在に笑顔が作れるらしい。

伯父の新たな一面に感心していると、伯父の横で固まっていた伯母が口を開いた。

「アビゲイル。あなた連絡も寄越さないでどういうこと？　それも突然結婚だなんて……どうしてそんなおめでたいこと、私たちに教えてくれなかったの？」

伯母が甘い声で言う。

どろりとへばりつくような不快な声音《こわね》だ。

どうやらクラウスは、彼らに結婚の話をしたらしい。

これでは高位貴族との結婚目的で私の見合いを推し進めていた、伯母の思惑通りということになってしまう。

私は思わずクラウスの様子を窺《うかが》った。

少なくとも、彼はこうなることが予想できていたはずだ。

「どういうこと？　アビゲイルは俺と結婚するんじゃなかったのか！」

そこに、壁際に立ち竦んでいたギルバートが突然割って入ってきた。

伯父がでっぷりとしたお腹《なか》を揺らして立ち上がり、唾《つば》を飛ばす勢いで息子に怒鳴りつける。

「まだそんなことを言っているのか！　アビゲイルはこちらのアスガル公爵様とご結婚なさるんだ。

お前なんぞの出る幕ではないっ」

「ギルバートちゃん。あなたにはいくらでも相応《ふさわ》しい相手がいるわ。小さい頃から一緒だから、勘違いしちゃったのね」

伯母夫妻はそうギルバートに向かって言いながらも、意識は絶えずクラウスに向かっているのが分かった。

彼らは貴族の頂点たる公爵を怒らせるのではと危惧《きぐ》しているのだ。

あまり意識したことはなかったが、伯母夫妻は裕福とはいえ平民である。クラウスの気まぐれ一つで、簡単に首が飛ぶ立場だ。

それを考えると、部屋の中の張り詰めた空気も無理からぬことかもしれない。

「ロビン」

「はっ」

クラウスは目の前の寸劇には目もくれず、信頼する家令の名を呼んだ。

「彼らのひととなりは理解した。話し合いの余地はないようだ」

「かしこまりました」

ロビンはそう言うと、いつの間に手にしていたのかベルを鳴らした。

リンリンと澄んだ音がする。

すると突然部屋の扉が開いて、公爵家の警護を担《にな》う騎士たちが部屋の中になだれ込んできた。

私は何が起こったのか分からず啞然《あぜん》としてしまった。すぐ逃げられるようにと立っていたのに、いざ事が起こると驚きすぎて身動きができなかった。

クラウスはそんな私の背に手を回し、荒事に巻き込まれないよう誘導し始める。

目の前では屈強な騎士たちによって、伯母夫妻とギルバートが拘束されていた。

全員抵抗すら許されず、後ろ手に縛られ蛙《かえる》のように床に顔を押し付けられている。

「は、はなせー！」

ギルバートの半泣きになった叫びが木霊《こだま》した。

理解が追い付かず、私はその場で茫然《ぼうぜん》とするよりほかなかった。

「一体何がどうなってるの」

部屋の中は騒然としていた。

屈強な騎士たち。

取り押さえられた三人。

立ち尽くす私に対して、クラウスとロビンは冷静だ。

「はっきり言おう。私の目的は有害な俗物をアビゲイルの傍《そば》から除くことだ」

クラウスの言葉に驚き、私は彼の顔を見る。

「ど、どうしてそのように思われたのか」

伯父は苦しそうにしながらも、どうにか愛想笑いを浮かべて言った。いつも自信満々の彼が、縋《すが》るような目をしているところを初めて見た。

「理由は私的なものだ。お前たちが知る必要はない」

クラウスは冷たい顔で伯父の問いを切って捨てる。

「ご安心を。ご主人様は他の貴族と違い、あなた方を無実の罪で突き出すようなことはありませんよ」

ロビンがとりなすように言う。

その言葉に伯母夫妻は安堵《あんど》したように見えた。

だが所詮《しょせん》、それは一瞬のことだった。

「あなた方がもし一つでも罪を犯していたら、その限りではありませんが」

伯父の肩が、ぎくりと強張《こわば》ったのが分かった。

そして雑然とする部屋の中に、新たな人物が現れた。

服装から騎士ではなく平民だと知れる。数日ぶりに見る顔がそこにはあった。

伯母が悲鳴じみた声を上げる。

「まさか……カミルなの？」

「カミルだと!?」

伯父はその名を聞き、扉の方を見ようとして騎士に更に強く押さえつけられていた。

カミルはそんな異様な光景をものともせず、クラウスに向けて一礼した。

「お呼びと伺い参上仕《つかまつ》りました。モーリッツ商会番頭を務めますカミルと申します」

「よく来た。今日は貴様の勤めるモーリッツ商会について話があると聞いたが」

「その通りでございます。まずはこちらを」

そう言って、カミルは丁寧に丸められた羊皮紙《ようひし》をクラウスに差し出した。

「なんのつもりだ。カミル！」

伯父は諦《あきら》めずにもがき続けている。一方で伯母とギルバートは暴れても無駄だと悟ったのか、静かなものだ。

羊皮紙の中身を改めたクラウスは、小さなため息をついた。

私の位置からではその書状の内容を窺《うかが》うことはできない。

「なるほど。これはどうやらモーリッツ商会が交わした契約書のようだな。よりにもよって、ヘルシャフト貴族と武具を売買しているとは」

その言葉に、私は耳を疑った。

ヘルシャフトというのは我がムーティヒ王国から遠く離れた国の名である。だが、遠いことが問題なのではない。

王命により、もう十年以上ヘルシャフトとの外交は閉ざされたままだ。もし国の許可なくヘルシャフトに関わるようなことがあれば、その者はたちまち処罰されてしまうだろう。

つまりカミルの持ってきた契約書が本物なら、伯父が営む商会も伯父自身も無事では済まないということになる。

それにしても、カミルとクラウスのやり取りには迷いが一切ない。事情を知らない私でも、彼らが今日のことを事前に計画していたというのは容易に想像できた。

数日前にカミルがクラウスによって呼び出されていたのは、間違いなく今日のことを打ち合わせるためだったのだろう。

「カミル！　どういうつもりだ。目をかけてやった恩も忘れて」

伯父が叫ぶ。

動揺が露《あらわ》なその口ぶりは、自《みずか》ら契約書と無関係ではないと自白しているようなものだった。

伯父が豊かな商人であるということしか知らなかった私は、彼を見下ろす。

一方で、カミルは伯父の言葉が引っかかったようだ。折り目正しい態度から一転して、彼は膝《ひざ》を折り伯父の顔をのぞき込んだ。

「恩？　恩とおっしゃいましたか？」

カミルの薄い目が開いている。そうすると一転してとても軽薄そうな表情に見えた。

「ああ、あなたは自分の息子に恩を売っているつもりだったのですね」

「なに？」

「私を人質にして、無理やり母を囲い込んだじゃないですか。そして奴隷《どれい》のように扱った」

カミルの言葉の意味を理解する前に、伯母が金切り声を上げた。

「どういうこと⁉　息子だなんて……あなたあの女と切れていなかったのねっ」

伯母は目に涙を浮かべ、伯父を睨《にら》みつけている。

一方伯父はといえば、立て続けに起こる出来事に対応できなくなったのか、魚のように口をパクパクと動かしていた。

「あはは、奥様。あんたの旦那は俺に商会の跡を継がせるつもりでしたよ。ギルバートぼっちゃまは役立たずだとあちこちに零《こぼ》していましたからね。伯爵家の名跡さえ手に入れば、あなたもぼっちゃまも用済みだったのではありませんか？」

カミルはせせら笑うように言った。

伯父はそんなつもりだったのかと、伯母だけでなく私まで衝撃を受けていた。

「嘘だ！　嘘を言うな！　俺はモーリッツ商会の跡取りで、いずれ貴族になるんだ！　いい加減なことを言うな！」

それまで大人しくしていたギルバートが、無茶苦茶に暴れ始める。

若いギルバートの反抗に、騎士たちも手を焼いているようだ。

するとクラウスがあろうことか、暴れるギルバートに向かって近づこうとするではないか。

私は慌《あわ》てて止めようとしたが、クラウスは大丈夫だと身振りで伝えると、そのまま歩を進めた。

「確かギルバートと言ったか……」

クラウスは小さくそう呟《つぶや》くと、暴れるギルバートの目の前に足を踏み下ろした。磨かれたつま先がギルバートの鼻先をかすめる。

虚を突かれたギルバートに向かって、クラウスは静かな口調で言った。

「当家に来た時、アビゲイルの体は痣だらけだった。貴様に心当たりはあるか？」

私は息をのんだ。

けれど驚いているのは私だけで、他の誰しもが静かに押し黙っていた。

ギルバートは虚勢を張っているのがありありと分かる大声で言った。

「はん。それになんの問題がある。あれはいずれ俺の物になるんだ。殴ろうが何をしようが勝手だろう」

それはかつて、毎日のように聞かされていた言葉だった。

私はそれを真実だと思ったし、抗《あらが》う気力はとうに尽きていたように思う。

クラウスはそれに向かって大きなため息をついた。

「アビゲイルは貴族だ。平民の貴様が暴力を振るって許される相手だとでも？」

「俺もいずれは貴族だ。だいたい、あいつの家は親父《おやじ》が金の援助をしなくちゃ生活もできない貧乏貴族で……」

「ギルバート黙りなさい！」

伯母が金切り声を上げる。

彼女が息子を叱《しか》りつけているところなど、初めて見たかもしれない。

クラウスはしゃがみ込むと、ギルバートの顔をのぞき込んで言った。

「お前は知らないようだから教えてやる。我が国の法律では、貴族に危害を加えた平民は例外なく処刑される」

「は……？」

「証明が難しく実際に適用された例は少ないが……お前はたった今自分で認めたな。それも公爵たる俺の目の前で」

カチカチという音がした。何かと不思議に思ったが、ギルバートの歯が震えて音を立てているのだと分かった。

「公爵様どうか！　どうかお許しを！」

伯母が突然騎士の手から抜け出し、ギルバートの傍で額《ぬか》ずいた。

騎士を責めることはできない。それまで大人しくしていた伯母が突然動き出したのだ。虚を突かれたのだろう。

「しっかり捕まえておけ！」

隊長格らしい男が叫ぶ。

伯母は震えながらクラウスの足元に震えながら縮こまっていた。

「どうか……どうか……」

「夫人。あなたにも罪状がある」

クラウスの静かな宣告に、伯母は不思議そうに顔を上げた。

そんな彼女に、クラウスは封の切られた封筒を差し出した。伯爵家の封蠟《ふうろう》が捺《お》された封筒だ。

「紋章を奪い、伯爵家の名を騙《かた》ったな」

「そんな！　私は伯爵家の人間です！」

「あなたは既《すで》にモーリッツに嫁《とつ》いだ身だろう。婚姻法によれば貴族の娘であっても平民に嫁いだ者は平民となる。知らないわけではあるまい」

「それは……」

「それ以前に、封蠟に用いる印璽《いんじ》は貴族家の当主にのみ所有を許される。あなたは娘であっても当主ではないだろう。あなたはスタンフォード伯爵の名を騙り私にアビゲイルとの結婚を持ちかけた。これは立派な詐欺《さぎ》罪だ」

「お許しください！　お許しください！」

伯母の声は涙声だった。

いつもあんなに大きく見えていた伯母が、今は子供のように小さくなっていた。

目の前の光景はあまりに衝撃的で、私は言葉を挟むこともできずその場に立っているのがやっとだった。

今まで当たり前だったものが音を立てて崩れていく。

私の認識、常識、世界そのものが――。

その時、頭の中に声が響いた。

しわがれた低い声。か細く今にも消え入りそうな。


『ああアビゲイル、お前さえ――』


ぎゅっと心臓を摑《つか》まれたような心地がした。

意識の奥に沈め、決して思い出さないようにしてきた言葉。

「連れて行け」

クラウスが命じると、茫然自失となった三人を騎士たちが引き立てていく。

部屋から連れ出されそうになる刹那《せつな》、伯母が私を睨みつけて叫んだ。

「この悪魔！　あんたは悪魔よ！」

扉が閉まっても、その言葉がずっと耳にこびりついていた。

「アビゲイル」

声をかけられ、はっとした。

クラウスが私の手を取った。火傷《やけど》しそうなほどに熱い。

けれどすぐにそうではないと分かった。私の手が冷たいのだ。それに震えが止まらない。

「あ……」

何か言わなければと思った。

けれど何も言葉が出なかった。

ただただ強いめまいがする。

クラウスが驚いたように目を見開いたのが分かった。

どうしてだろうと思ったけれど、尋ねることはできなかった。

なぜなら私はあろうことか、そのまま気を失ってしまったのだから。


目を覚ますと、部屋の中にはメイリンがいた。

「奥様！　よかった」

彼女はそう叫ぶと、飛ぶように部屋を飛び出して行ってしまった。

どうにか体を起こす。

どれくらい眠っていたのだろう。頭が痛い。

しばらくすると部屋の外からやけに慌てた足音が聞こえてきた。

バタンと大きな音がして扉が開き、そこに立っていたのは息を切らしたクラウスだった。

彼の顔を見た瞬間、意識を失う前の出来事が脳裏にまざまざと蘇《よみがえ》った。

取り押さえられる伯母夫婦と従兄のギルバート。クラウスが詳《つまび》らかにした彼らの罪。

クラウスは息を整えながら、ゆっくりとこちらに近づいてきた。

その顔はどこか苦しそうで、どうしてそんな顔をするのだろうと不思議に思った。

「目が覚めたのだな」

ベッドの傍までたどり着くと、クラウスは躊躇《ためら》いがちにそう言った。

「よかった……」

そんな――まるで心から心配していたように言うのはやめてほしい。

どんな顔をしていいのか分からなくなってしまう。私にそんな価値なんてないのだから。

「奥様は丸一日眠っていらしたのですよ」

私の困惑を読み取ったかのように、クラウスを追いかけてきたメイリンが言った。返事をしようと思ったが、何も言葉が出てこない。

「彼らは憲兵に引き渡した。罪状が確定するのはまだ先だ。だが、もう元の生活には戻れないだろう」

クラウスの言葉に、私は気を失う前の出来事を思い出そうとした。

伯母の悲痛な叫び。見慣れた顔が醜《みにく》くゆがんでいた。

私は思わず、自分の肩を摑んだ。いつの間にか体が震えていた。

「アビゲイル……」

クラウスはメイリンに下がるよう命じると、ベッド際に置かれた椅子《いす》に腰を下ろした。そして案ずるように私の顔をのぞき込んでくる。平時であれば動揺しただろうが、今の私はそれどころではなかった。

何か言わなければと思うのに、何も言葉が出てこない。

頭の中にずっと、しわがれた声が響いているのだ。その言葉が呪詛《じゅそ》のように私を縛っている。

沈黙をどう思ったのか、クラウスが気づかわしげに口を開いた。

「勝手なことをしてすまなかった」

咄嗟に顔を上げてクラウスの顔を見る。

間近で見る青い瞳はまるで宝石のように見えた。

「夜会で君に言われたことをずっと考えていた。だがあの家族の中に君を返すことはどうしてもできなかったんだ。返すならせめて、伯爵家に寄生する者たちを排除しなくては——と」

クラウスは我が家の事情にやけに詳しかった。それどころか、カミルの事情などは私ですら知らなかったことだ。

おそらく公爵家の力を使って念入りに調べたに違いなく、夜会から戻ってずっと忙しそうにしていた理由はこれだったのかと、どこか他人事《ひとごと》のように思った。

「……謝っていただく必要はありません。私のことを考えてくださったのでしょう？」

どうにか出た声は、本当に小さなものだった。自分の声とは信じられないほどの。

「そうだ。だが君が倒れた時に気が付いた。また私が勝手をしたことで、君を追い詰めたのだと」

そうなのだろうか。

私は追い詰められていたのだろうか。

分からない。

私が何を感じているかなんて、今まで誰も気にしなかった。私自身ですら。

だからクラウスが、そんな辛そうな顔をする必要はないのだ。

「声が……」

「声？」

「声がするのです」

突然何を言い出すのかと、クラウスは怪訝《けげん》そうな顔をしていた。

「死に際の、おじい様の声が……」

「スタンフォード伯爵の？」

クラウスの問いかけに、私はゆっくりと頷《うなず》いた。頭はひどく混乱していて、物事を順序だてて説明ができるような状態ではなかった。

ぽたりと、ブランケットに水滴がしたたる。

『ああアビゲイル、お前さえ――いなければ』

私を愛してくれたおじい様。

愛されていると、思っていた。彼が息を引き取るその間際までは。

両親に見捨てられた私に文字を教え、本を遺《のこ》してくれた人。

あの瞬間、世界のすべてが壊れる音がした。

頬《ほお》をとめどなく涙がつたう。

「私はまた、おじい様の大切なものを壊してしまった。お父様も伯母様も、おじい様の愛した家族なのに……っ」

今になって、分かった。

私が抵抗する気もなく家族に従ってきたのは、負い目があったからだ。私の存在が祖父の大切な家族を苦しめていると、そう思ったから。

だから自分のできる精一杯で、償《つぐな》おうと思った。

どんなに辛くてもあの家から逃げようと思わなかったのは、それが理由だったのだ。

両手に顔を伏せた私の肩に、大きな手のひらが触れた。

「君じゃない。壊したのは俺だ。君は何もしていない」

低い声。彼と話している時はいつも、どこかで緊張していた。

なのに今は、真っ白な頭にまるで染み入るように響いてくる。

両手で顔を覆《おお》う私を、クラウスはそのままゆっくりと抱きしめた。多分。見えないからよく分からないけれど。

大人の男の人に抱きしめられるなど、初めてのことだ。そのぬくもりに戸惑い、悲しみも涙も驚きで引っ込んでしまう。

つくづくこの人は、私を驚かせるのがうまい。

そのまましばらく、クラウスは黙って私を抱きしめていた。

その手を拒《こば》むことも、クラウスの言葉を否定することもできず、私はただ自分の手のひらに顔を埋めていた。手を外して顔を見られるのは耐えられないと思った。

静まり返った部屋に、私の呼吸音がやけに大きく響く。

十分に時間が経った後、クラウスはゆっくりと私の手を外させた。視界に光が溢《あふ》れて、ひどく眩《まぶ》しい。なにより、私をのぞき込んでいる美しい人が。

私は思わず、クラウスの顔から視線を外した。

「俺は君を泣かせてばかりいるな」

「私も……泣くとは思いませんでした」

目覚めた当初よりも、思考はかなりクリアになってきていた。

考えてみれば家族に対しては反論することも碌《ろく》にできないのに、クラウスに対しては最初から泣いたり怒ったりしてしまう。

改めて考えてみると不思議だ。

死んでいたはずの感情が揺り動かされるのだ。

「聞け、アビゲイル」

クラウスは静かに私に語り掛けた。

「当家との婚約破棄に関して、お前が責めを負う必要なんて微塵《みじん》もない。すべては周囲の大人の咎《とが》だ。それを呑《の》み込むな。もっと嫌だと言っていい。怒っていい。夜会で俺にそうしたように」

こんなことを言われたのは初めてだった。

今まで誰も、こんなことを言ってくれた人はいなかった。

「そうなのでしょうか？」

「そうだ。アビゲイル」

クラウスが口にする私の名前は、やけに甘やかに響いた。

「すぐには無理でも、少しずつ理解していけばいい。この屋敷にいる限り、もう誰にもお前を軽んじさせたりはしない」

私は改めてクラウスを見上げた。

十二も年上の、貴族としても圧倒的に自分より立場が上の人。

「俺が信じられないか？」

私の目をまっすぐに見つめて、クラウスが言った。

いつものように言い返す気にはなれなかった。

誰かを信じるということが、私にはよく分からない。

それでもはじめは冷たい恐ろしそうな人だと思った彼のことを、今は誰よりも優しい人だと感じた。そんな風に感じる自分が、今は何よりも不思議だった。


じりじりと蠟燭《ろうそく》の炎が燃えている。

この部屋は苦手だ。甘い香りが体中にまとわりつくように感じるから。

「レオナルド」

三つ編みの少年を呼び出したのは、ブルネットの髪をした女だった。

レオナルドのことを呼び捨てにするのはこの女くらいだ。なぜならほとんどの者がその権利を持たないから。

人はレオナルドのことをこう呼ぶ。

——殿下、と。

「お呼びでしょうか、母上」

レオナルドの母とはすなわち、この国の王妃である。

公爵家から嫁いだ王妃イライザの持つ権力は、王である夫を凌《しの》ぐと陰《かげ》で囁《ささや》かれるほどだ。

なんでも思うままにする彼女の力が、彼女の成す予言によって実現していると知る者は少ない。

事実もう何度もイライザは国の有事を言い当て、国の舵《かじ》取りに大いに協力してきた。

そうと聞けば、彼女は国にとって有益な王妃のように感じられるだろう。

だが実際は違う。

彼女はその予言を用いて大臣を取り込み、権力をほしいままにしているのだ。

事実彼女におもねらない者はどれほど優秀でも遠ざけられ、大臣の中には王に異を唱える者はいても王妃に敵対する者は一人もない。

イライザが口にする予言という不確かなものによって左右される。

それがこの国の歪《いびっ》さなのだ。

だが、レオナルドは知っている。

近年このイライザの能力に翳《かげ》りが見えるということに。

今年の始め、イライザは初めて予言を外した。

それは王を含め首脳部にとって大きな衝撃をもたらした。

しかしそれだけではないのだ。本当は何年も前から、イライザの予言は以前よりも精度を欠くようになっていた。

だからこそ、彼女は焦っている。

顔には出さずとも、長い付き合いでレオナルドにはそれが分かった。

実の母だが、情はない。そもそも愛された記憶もない。

将来レオナルドが継ぐ国を乱し続けるこの女が、少年にはただただ重荷だった。

「クラウスがスタンフォードの娘を連れていたというのは本当？」

イライザの問いは簡潔だった。

レオナルドはすぐにそれが、侯爵家の夜会のことを尋ねているのだと気が付いた。

侯爵家の娘が話していた婚約破棄の噂《うわさ》は、レオナルドにとってそれほど衝撃的だったのだ。

——あの母が、未来を見通す者がそうやすやすと、婚約破棄などされるだろうか？

「叔父上が連れていたかどうかは知りませんが、スタンフォードのご令嬢は拝見しましたよ」

嘘ではない。

確かに彼女は自らアビゲイル・スタンフォードと名乗っていた。

だがレオナルドは、それ以上の情報を母に与えたくはなかった。

実際にアビゲイルと言葉を交わしたことも、そして自分が母の不名誉な過去を知ってしまったという事実についても。

「そうなの」

母はその青い目で、まるで心まで見通しているような顔をする。

実際、大臣の中にはイライザが心まで読めると思い込んでいる者もいるだろう。

だがそれは違うと、レオナルドは思っている。

イライザはただ、意味ありげな含みを持たせ相手がぼろを出すのを待っているのだ。

だからここで、レオナルドは母の意識が自分の行動ではなく別のところに向くように仕向けた。

「ああでも、言われてみれば彼女は首に青の貴婦人をしていましたから、叔父上がエスコートしたのでしょうね」

青の貴婦人とは、イライザの実家であるアスガル公爵家に伝わる首飾りである。

イライザは実家の家宝である首飾りに執着しており、同じか或《ある》いはもっと大きなブルーダイヤモンドを長年探し続けているというのはよく知られた話だった。

「……そうなの」

先ほどと同じ言葉であるにもかかわらず、声の調子は全く違っていた。

イライザが手にしていた扇子《せんす》が、みしりと軋《きし》んで悲鳴を上げる。

彼女の怒りを察して、周囲に侍《はべ》っていた侍女たちが緊張したのが分かった。

それからいくつかのことを聞かれたが、レオナルドが何も知らないと分かるとイライザはあっさり息子を解放した。
母の部屋を後にしながら、レオナルドはあの日見た令嬢の顔を思い出していた。
彼女の存在が、王宮に大きな嵐を巻き起こすかもしれないという予感と共に。

第五章　王妃の招待

伯母家族がアスガル家にやってきた日から、一か月以上が経《た》った。

実家からの連絡は何もない。それがいいことなのか悪いことなのかも判断できない。

ただ分かるのは、私の心の裡《うち》がとても穏やかだということだ。

「最近の奥様は、なんだか楽しそうでいらっしゃいますね」

私の髪を梳《す》きながら、メイリンが言う。鏡越しのその顔は、いつにも増してにこにことしていた。

メイリンが嬉《うれ》しそうにしていると、私も嬉しくなる。

「そうかしら？」

「そうですよ！」

メイリンが断言する。

どうやら他人から見ると、私は楽しそうに見えるらしい。

その理由は分かっている。

あの日、初めて祖父の遺言のことを人に話した。

祖父の遺言は、思っていた以上に私を縛りつけていたようだ。

今は肩から荷がおりて、自分の境遇や家族について、少しずつ冷静に考えられるようになってきた。

思えば私は、祖父の言葉を否定するために実家に尽くしてきた。

役に立つことさえできれば、両親や伯母に認められれば、あの日の言葉を否定することができる。心のどこかで、そう考えていたのだろう。

けれどどんなに頑張っても、決して認められることはなかった。

あの家は私にとって、永遠に出ることのできない出口のない迷路だった。

外から見ると、なんとも狭苦しくて窮屈《きゅうくつ》な場所のように思う。どうしてずっと、耐えることができていたのだろう。

あの迷路から出ることができたのは、すべてクラウスのおかげだ。きっかけは彼の些細《ささい》な気まぐれだったとしても、私の人生には大きく意味のあることだった。

その上彼は、伯母家族をこの屋敷に呼び出し、断罪した。

私に暴力をふるっていた咎《とが》でギルバートが捕まるなんて、思いもしなかった。伯母の件についても同様だ。

私の名を騙《かた》って手紙を送るのはやめてほしいとは思っていても、伯母が伯爵家の紋章を持つこと自体が違法だなんて、考えもしなかった。

先日の一件を通して改めて、私は何ものを知らないのだと思い知らされた。

もっと勉強して、世の中のことを知って、ちゃんと自分でものを考えられるようになりたい。

今の私は生まれたての雛鳥《ひな》同然だ。どうしても生まれてすぐに目にしたクラウスを頼ってしまいたくなる。

でも本当は震えたり泣いたりしているだけではなく、クラウスの助けがなくとも、ちゃんと自分の足で立てるようになりたい。

そう思える今の自分が、以前の自分より好きだと思える。

その時、部屋の中に慌《あわ》てた様子のノック音が響いた。何事かとメイリンが手を止めてドアに向かう。

やってきたのは見知らぬメイドだった。

メイドは何事かメイリンに耳打ちすると、一瞬だけ私を見て慌てて立ち去ってしまった。

よく躾《しつ》けられたこの家の使用人たちは、みんな働いていてもどこか優雅に見えるので、彼女の態度に私は少しの違和感を覚えた。

「奥様、旦那《だんな》様がお呼びです」

戻ってきたメイリンの緊張した面持《おもも》ちに、少しだけ嫌な予感がした。

呼び出されたのは、クラウスの書斎だった。

普段はクラウスが仕事のために籠《こも》っているので、私は邪魔しないように滅多に近づかない場所だ。

部屋に入ると、古い本の懐かしい匂いがした。

長年使い込まれたであろう飴色《あめいろ》の調度類が、公爵家の長い歴史を感じさせる。

クラウスは難しい顔をして執務机に向かっていた。傍《かたわ》らにはいつものようにロビンが立っている。

「きたか」

やってきた私に向かって、クラウスはなんとも言えない視線を投げかけてきた。その表情はどこか苦しげだった。

緊張しつつ執務机の前に進み出ると、クラウスの目の前に一通の手紙が置かれていることに気が付いた。

封筒はまだ開封されていないらしい。

クラウスは小さくため息をつくと、嫌そうにその手紙を私に差し出した。

「これは君宛《あて》の招待状だ」

私は驚き、クラウスの顔とその招待状に交互に目をやった。

悪名以外貴族としてほとんど無名である私に、招待状が来たのはこれが初めてだ。

恐る恐る、差し出された手紙を手に取る。手触りだけで上質な紙であることが感じ取れ、差出人はかなり高位の人物だと察することができた。

宛名には確かに、私の名前が書かれている。

差出人の名前がない代わりに、見覚えのある封蠟《ふうろう》が捺《お》されていた。

まだすべての貴族の紋章を覚えているわけではないが、流石《さすが》にこの紋章は覚えている。

なぜならそこには、ムーティヒ王国を表す羽のある獅子《しし》が刻まれていたからだ。

羽のある獅子のみであれば国王を示すが、そこに百合《ゆり》が添えられた図案は差出人が王家に連なる人物であることを表している。

「これは……？」

ロビンがペーパーナイフを差し出してくる。

私はそれを受け取り封を切った。

クラウスが招待状と言ったように、そこには私をお茶会に招待する旨《むね》と、絶対に一人で来るようにという内容が非常に回りくどく貴族らしい文面で記されていた。

末尾には流麗《りゅうれい》な文字で、イライザで始まる長い名前が記されていた。

「私の姉だ。そして――この国の王妃でもある」

その名がかつて父が婚約していた令嬢のものであると気づくのに、少しの時間が必要だった。

私の出生と大きく関わりのある人物であることに間違いはないが、実際に対面したことは一度もない。

だから私はその人のことを、まるで歴史の偉人や物語の登場人物のように考えていた。

実際にその人がいる場所に行けば会える存在だなんて、この瞬間まで考えもしなかったのだ。

「俺の責任だ」

クラウスの言葉に驚き、私は顔を上げた。

目の前の人はなんとも苦々しげな表情をしている。

「夜会で、青の貴婦人を着けただろう？」

「え？　ええ」

私の瞼《まぶた》の裏に、美しくきらめく青い宝石が浮かぶ。

「姉はあの宝石に固執していた。俺の連れが着けていれば、必ず姉の耳に届くだろうと思っていた」

「では、そうなると分かっていて私に？」

「そうだ。あの人は、俺にも計《はか》り知れないところがある。だから君の存在を知って、どう動くかが知りたかった」

「そうですか……」

私は手にした招待状に視線を落とした。

イライザは実の弟であるクラウスではなく、私を呼び寄せることを選んだ。

その意図を量《はか》ることはできないが、好意的な目的であるとはどうしても考え辛い。

「すまない。言い訳に聞こえるかもしれないが、呼び出すなら俺の方だろうと思っていた。青の貴婦人の所有権は公爵家にあるからな」

私はここに来てようやく、クラウスの表情の理由を察することができた。

おそらく彼は、後悔しているのだろう。私にあの石を着けさせたことを。

そんな必要などないのに、だ。

「いえ」

私は手紙を折りたたみ、封筒に戻した。

「お気になさらず。遅かれ早かれ、お会いすることになったでしょうから」

この屋敷に来たばかりの頃、私は何をされても仕方がないのだと思っていた。怒りを向けられ糾弾《きゅうだん》されるのは、私の生まれを考えれば仕方のないことだと。

今も、その考えが変わったわけではない。

けれど同時に、優しくしてくれる人もいるのだということを知った。私のために、怒ってくれる人がいるのだと。

そう思うだけで、不思議と強くなれた気がする。

「そうは言うが、一体何をされるか……」

勿論《もちろん》恐ろしいという思いはあるけれど、逃げ出すわけにはいかない。黙って送り出すこともできたのに、こうして辛そうに顔をゆがめているクラウスのためにも。

「ずっと、逃げ続けるわけにはいきませんから」

私の決意が固いと分かったのか、クラウスがそれ以上何か言うことはなかった。

こうして私の初めての王宮行きが決定した。


どうしてこんなに待たされるのかしら。

ビビアンヌは不安になった。

王宮からの招待状を受け取り、常にないことと喜び勇んでやってきたというのに、応接室に通されたきり放置されたままだ。

相手は貴《とうと》い身分なので待つしかないと分かっているものの、あまり放っておかれるのは蔑《ないがし》ろにされているようで面白くない。

なのでつい、紅茶のお代わりを持ってきたメイドを怒鳴りつけてしまった。残っていた冷めた紅茶をかけてやると、相手は泣いて許しを請うた。

「私を誰だと思っているの！　私は――」

そこまで言ったところで、ようやく待ち人がやってきた。

ドアがノックされ、ドレスを纏《まと》ったこの国でもっとも高貴な女性が現れる。

ビビアンヌはまずいと思ったものの、相手は室内の様子を見ても顔色一つ変えなかった。

彼女は何事もなかったようにビビアンヌの向かいに腰を下ろす。

「待たせてしまってごめんなさいね」

呆気《あっけ》にとられていたビビアンヌは、慌《あわ》てて立ち上がった。相手が浮かべる笑顔からは、不思議なことに感情の欠片《かけら》も感じられない。まるで深い洞《ほら》が空いているようにすら思える。

「し、失礼いたします」

紅茶を浴びせられたメイドが、すごい勢いで部屋から飛び出していった。残されたのはビビアンヌと招待主の二人きりだ。

やましいところのあるビビアンヌは、顔を引きつらせつつもどうにか腰を落として挨拶《あいさつ》をした。

「ご無沙汰《ぶさた》しております。妃殿下におかれましてはご機嫌麗《うるわ》しく——」

「そんな他人行儀な。イライザと呼んで頂戴《ちょうだい》」

王妃から名前を呼ぶことを許されるなど、貴族にとってこんなに光栄なことはない。

溢《あふ》れる喜びを押し殺して腰を下ろすと、ビビアンヌに対し王妃は更に彼女が有頂天になるような言葉を口にした。

「私はね、ビビアンヌ。弟にはあなたのような人が相応《ふさわ》しいと思うのよ」

しばらく驚きのあまり、ビビアンヌは返事をすることができなかった。彼女の血縁上の弟にあたる人物は、この世に一人しかいない。

イライザはビビアンヌの動揺を気にするでもなく、おっとりとほほ笑んでいる。

「ク、クラウス様のですか？」

ようやく零《こぼ》れ落ちたのは、ひどく上ずった女の声だった。

「ええ。爵位を継いだというのにいつまでも独り身なものだから、私心配で心配で」

「光栄ですわ。わたくし、ずっとクラウス様をお慕《した》いしておりました」

ビビアンヌが前のめりになってそう口にすれば、イライザは驚くように口に手を当てた。

「まあ、そうだったのね」

「あなたが義妹になるなんて、うれしいわ」

イライザの申し出に、ビビアンヌは天にも昇る心地でいた。いくらクラウス本人が嫌がっていようと、王妃であるイライザの意向であればクラウスは逆らえない。たとえ彼に愛する人があろうとも。

イライザの脳裏《のうり》に、クラウスがエスコートしていた娘の顔が浮かぶ。

「そういえば……あなたの家の夜会に弟がお邪魔したのですってね」

その声に、ビビアンヌは我に返った。

「え、ええ」

「弟が若い娘を連れていたと聞いたのだけれど」

どうやらイライザは、あの娘のことを詳しく知らないらしい。ビビアンヌは内心でほくそ笑んだ。あの娘の素性を知れば、公爵家に関わることをイライザが許すはずがないからだ。

「そうです。スタンフォード家の娘を名乗っていましたわ」

ビビアンヌは少し意地の悪い気持ちでその名を口にした。この鉄壁の王妃がかつて婚約を破棄した男の娘に対し、どんな態度を取るか興味があったからだ。

しかしビビアンヌの予想に反し、イライザの表情には何の変化も訪れなかった。

「その娘が、青の貴婦人を着けていたと聞いたのだけれど」

どうやらイライザは、かつての婚約者の娘よりも、その娘が実家の家宝を身に着けていたことの方が気になるようだ。

「確かに着けていましたわ。ちっとも似合っていませんでしたけれど」

ビビアンヌの言葉に、イライザは大きくため息をついた。困ったようにその手は白い頬《ほお》に添えられている。

美しい柳眉《りゅうび》が顰《ひそ》められ、いかにも困ったという顔を形作る。

「ねえビビアンヌ。もし次にその娘が青の貴婦人を身に着けているのを見かけたら、咎めてくれないかしら?」

「よろしいのですか?」

「いいわ。あれは公爵家の宝ですもの。クラウスにも少し反省してもらわないとね。反省してあちらが差し出してきたら、受け取っておいて。私から実家に戻しておくから」

意図したことではないが、ビビアンヌは己の顔が笑っていることに気が付いた。

なにせあの生意気な小娘を、王妃公認で懲《こ》らしめることができるのだ。常ならばいくらなんでも高価な宝石を奪おうとまでは思わないが、後で王妃が戻すのであれば罪には問われないだろう。

先日の夜会でアビゲイルに感じた憤《いきどお》りを思い出し、ビビアンヌはすっかりやる気になっていた。

そしてそんなビビアンヌを見つめながら、イライザはただただ美しい笑みを浮かべていた。


あれからあっという間に、招待状に書かれていた日になった。

朝から薄暗い雲が立ち込めていて、気が滅入《めい》ってしまいそうな空模様だ。

お茶会の時間に間に合うよう朝早くに起きて準備をし、夜会の時ほどではないが念入りに化粧をしてもらった。

世話をしてくれるメイリンは、朝から浮かない顔をしている。

普段明るいメイリンなので、そんな顔をされるととても申し訳ない気持ちになった。

「やっぱり、体調が悪いと言ってお断りした方が……」

思い詰めた表情でメイリンがそう言い出した時、浮かない顔の理由はずっとこの提案をするか悩んでいたからなのだと気が付いた。

なんだか少し、くすぐったい気持ちだ。

「ありがとう。でも大丈夫よ」

「ですが！」

そう叫んだきり、メイリンは何か言いたげに黙り込む。

私がその顔をのぞき込むと、顔を真っ赤にして泣きそうになっていた。

心配だけでは説明のつかないその表情に、こちらの方が心配になってしまう。

「どうしたの？」

そう問いかけると、メイリンはしばらく逡巡《しゅんじゅん》した後、ようやく重い口を開いた。

「私がお屋敷に来たのは、イライザ様が嫁《とつ》がれた後です。なので詳しくは知りませんが、イライザ様は自分にも他人にもとても厳しいお方だったとか。飲み込みが早く、幼い頃から様々な分野で才能を発揮する一方、仕事に失敗した使用人はそれがどんな理由であろうとも、一様に身一つで追い出したそうです」

メイリンは心底怯《おび》えるような素振りで言う。

「実は……私の友人も追い出された使用人のうちの一人なのです。友人はそれからひどく怯えて家に引き籠るようになってしまって」

「そんなことが……」

私はメイリンを慰《なぐさ》める言葉も見つからず、ただ震える彼女の肩を撫《な》でさすった。

「だから本当は、こちらにご奉公に上がるのが恐ろしかったんです。でも、両親にどうしてもと言われると断れなくて」

当時を思い出すように、メイリンは遠い目をした。

それからもう大丈夫だとでも言うように、肩をさする私の手の上にあたたかい手のひらを重ねた。

「実際に働き始めてみると、イライザ様がいらっしゃらなくても屋敷の雰囲気はいつもピリピリしていました。でも――」

「でも？」

「奥様がいらして、屋敷の雰囲気が変わったんです」

思わぬ言葉に、私は大層驚いた。

「公爵様の雰囲気が柔らかくなって、ロビンさんも厳しいけれど、こちらの話をきちんと聞いてくださるようになりました。私も奥様に仕えるのが楽しかったんです。だから、だから」

いつでもしっかりとお姉さん然としたメイリンが、今はひどく幼く見える。

私は思わず、そんなメイリンを抱きしめた。

腕の中で、メイリンが驚いているのが伝わってくる。

「ありがとう。こちらこそメイリンにいつも助けられているわ」

「奥様……」

堪《こら》えきれずメイリンがポロリと涙を零《こぼ》した。

私も泣きそうになったが、せっかくメイリンが施《ほどこ》してくれた化粧が落ちてしまうので、なんとか我慢した。

まるでずっとここにいてもいいと言ってもらえたようで、私は深い喜びを感じていた。

「そうだ、これも忘れないようにしなくちゃ」

メイリンを見ていると泣いてしまいそうで、どうにか話を逸《そ》らす。

そこには以前夜会に着けて行った青の貴婦人があった。王妃からの手紙に、久しぶりに見たいからぜひ着けてほしいと書き添えてあったのだ。

お茶会につけていくには華美すぎるのだが、王妃の願いであれば無碍《むげ》にもできない。


準備を終えて部屋を出ると、玄関ホールではやけに落ち着かない様子のクラウスが待ち構えていた。

「アビゲイル」

彼は私に歩み寄ると、なんとも言えないような表情で見つめてくる。

クラウスの言葉を待ってその顔を見上げていると、はじめは恐ろしいと感じていたクラウスの顔が、先ほどのメイリンと重なって見えた。

彼もまた私を心配してくれているのなら、こんなに嬉しいことはない。

クラウスは言葉が見つからないのか、黙って私の両手を取った。

「いってまいります。クラウス様」

笑顔で告げると、クラウスはなおさらやりきれないような表情になった。

「どうして君は……」

彼は何事か言いかけて、言葉を止めた。

私はその青い目を見つめながら、言葉の続きを待った。

出会ったばかりの頃は、ただただ彼のことが恐ろしく目を見ることなどできなかった。その目に絶えず責められているようで。

けれどいつの間にかこうやって、普通に言葉を交わせるようになっていた。

少なからず食事とお茶を共にした成果が、私の精神に影響を与えているらしい。向き合って食事をするなど、家族とすら長年してこなかったことだ。

「そうやって、なんでも受け入れてしまうんだ」

この屋敷での日々に想いを馳《は》せていたら、予想もしない質問をされて驚いた。

「嫌なら嫌と、言っていいんだ。そうすれば俺は……」

どうやらクラウスは、両親の罪を己で雪《すす》ごうとする私の態度に思うところがあるらしい。

だがそう言われても、拒絶するという選択肢には馴染《なじ》みがなく、咄嗟《とっさ》には思い浮かばないことの方が多い。

考えてみれば夜会でクラウスに投げかけた言葉が、初めての積極的な拒絶であったような気がする。

自分がまさか目上の男性に対してあんなことを口にするなんて、あの日までは思ってもみなかった。感情が溢《あふ》れて、気づけば口から零れだしていたのだ。

どうやら私の中にはまだ、私の知らない感情が沢山眠っているらしい。

「ありがとうございます」

「なら」

「ですがもう決めたことです」

はっきりと言い切ると、クラウスはもどかしそうに顔をゆがめる。

「俺が浅はかだった。青の貴婦人を用いて姉の興味を引こうなどと」

彼は私の胸元に輝く青の貴婦人に目を落とした。

「そのことは関係ありません。私は……会ってみたいのです。イライザ様に」

婚約破棄の原因は父の翻意《ほんい》だったかもしれないが、今は王妃となったその人に、私は実際に会って話を聞いてみたいと思った。

先ほどのメイリンの話もそうだが、イライザという人は語る人によって印象が違う。

両親からその人について聞いたことはない。婚約破棄のことは我が家では長年触れることの許されない禁忌だった。

私は実際に彼女に会って、自分の目で確かめたいと思った。

父親の婚約破棄が、私の人生に与えた影響は計り知れない。

今まではそれを償《つぐな》うことが子としての義務と考えてきたが、この屋敷で過ごして少しずつ考えが変わってきた。

何も知らないまま追い詰められるよりはせめて、理解したい。イライザという事件の被害者に会って、その上で自分の人生をどうするか決めたいと思うのだ。

今までのように、何も知らないままで流されるのは嫌だから。

「分かった」

クラウスが、私の手を握る手に力を込めたのが分かった。

「だが、城でなにがあったとしても、俺が君の敵に回ることはない。そのことを心に留めておいてほしい」

私は反応に困ってしまった。

結局はいともいいえとも答えることができず、公爵家の馬車を借りて王宮へと向かった。

初めて公爵家を訪れた際にはその大きさに気圧《けお》されたものだが、王宮への驚きはそれ以上だった。まずは城を囲う城壁だ。大人が肩車をしても届かないほど高い壁が、ぐるりと城の敷地を取り囲んでいる。

厳《いか》めしい門番のいる門を抜けた後も、しばらく馬車に乗ったままだった。つまりそれだけ広い敷地があるということだ。

御者の手を借りて馬車を降りる時には、そびえたつ巨大な城を目の前にして驚きで腰を抜かすかと思った。勿論《もちろん》遠くから眺めたことはあるが、間近で見るとこんなに大きいなんて想像すらしなかったのだ。

私は公爵家からの客ということで、使用する出入り口も通常の貴族が使う出入り口より格式が高いものになるらしい。

だからだろうか。中に入ると天井の高さや、廊下に敷かれた赤い絨毯《じゅうたん》の長さにいちいち驚いていた。なにもかもスケールが大きいので、巨人の家に迷い込んでしまったのではと錯覚したくらいだ。

「こちらでございます」

私の案内についてくれたのは、落ち着いたドレス姿の女性だった。てっきり使用人が出てきて案内されるものだと思っていたので、一体どういう立場の人だろうかとどきどきしていた。

ロビンによれば王族に仕える使用人はおおむね貴族階級を持つそうなので、この女性もそういった生まれなのだろう。

おそらく私よりもよっぽど、貴族らしい生活を送ってきた女性に違いない。そんな相手に道案内をさせるのは気が引ける。

気を抜いていると腰が引けてしまうので、ロビンの教えを思い出し正しい姿勢を心掛けながら歩いた。重いドレスを引きずっての移動は重労働なので、早く目的地に到着してほしいと切実に願った。

だが王妃のいる場所は城の奥まった部分にあるらしく、迷路のように入り組んだ道を延々と歩かねばならなかった。

行《ゆ》き違う人々の服装も、染料をふんだんに使った色鮮やかなものだ。染料は貴重なので、街中ではそうお目にかかれない。他にも繊細なレースや刺繍《ししゅう》など、男女問わずおしゃれな身なりの人が多かった。

一度夜会に出席していなければ、きっと必要以上に萎縮《いしゅく》していたに違いない。

そういう意味では、侯爵家の夜会に出席しておいてよかったと思った。もっともあの日青の貴婦人を着けていかなければ、こうして王妃に呼び出されることもなかったかもしれないが。

他にも城の中はあちこちに美術品が置かれ、壁にも細部まで彫刻が施されていた。少しでも気を抜くと、感嘆で口が開きっぱなしになってしまいそうだ。

貧乏貴族の家で生まれ育った私にとって、そこはまさしく別世界だった。

「どうぞこちらへ」

そうしてどれほど歩いたのか、ようやく目的の場所まで到着した。

庭園を見下ろすテラスに、椅子《いす》とテーブルが用意されている。今日のお茶会は屋外でという趣向らしい。

大人数のお茶会だったらどうしようと危惧《きぐ》していたが、用意された椅子は二脚きりだった。

どうやら王妃は私と一対一で対面するつもりのようだ。

天気は朝よりも雲の厚みが増したような気がする。日差しがないので肌寒く、ガーデンパーティーにはあまり向かないような気がした。というか、今にも雨が降りそうだ。

促《うなが》されて椅子に座ると、改めてどくどくと心臓の音が大きくなった。

思えば初めてクラウスと対面した時ですら、こんなに緊張しなかった。あの時はどうせ責められるものと覚悟していたし、過去の悲惨なお見合い経験もあって責められることに鈍感になっていたように思う。

けれど今回は、相手の意図が読めない。

もし自分に恥辱《ちじょく》を味わわせたスタンフォード家に復讐《ふくしゅう》したいのだとすれば、王妃はわざわざ十八年も待つ必要はないのだ。

そもそもが格差のある婚約である。婚約が破棄された時点で、伯爵家のことなど好きにできたはずだ。

しかし王妃イライザはそうはしなかった。

私が知る限り、婚約を破棄された公爵令嬢が贖罪《しょくざい》を望んだという記録はない。

もっとも明確な罰がなかったからこそ、公爵家の気持ちを推し量《お　はか》った他貴族なりが、率先してスタンフォード家との関わりを断ったのだが。

そんなことを考えている間に、どれくらいの時間が経ったのだろう。

いつの間にか目の前の椅子に、金髪の少年が座っていた。色白で中世的な顔をしており、長い髪を三つ編みにして背中に垂らしている。

ドレスを着ていれば可憐《かれん》な少女だと疑いもしなかっただろう。

私は驚きのあまり、しばらく言葉を発することができなかった。

そして真っ白な頭で少年を凝視しているうちに、その顔に見覚えがあることに気が付いた。

「あなた、レオなの?」

アーリンゲン侯爵の夜会で出会った少年は、確かそう名乗っていたはずだ。

「そうだよ。覚えていてくれて嬉しい」

少年はにこやかに言った。

「どうしてここに？」

動揺したせいで、ロビンに叩き込まれた上品な言い回しもすべて抜け落ちてしまう。

そんな私を尻目《しりめ》に、レオはほほ笑むばかりで問いに答えようとはしなかった。

周りを見渡すと、いつの間にか案内してくれた女性もいなくなっている。レオに気づかないくらいなのだから、どうやら私はよっぽどぼんやりとしていたようだ。

それにしても、レオは一体何者なのだろう。

高位貴族だとは思っていたが、まさか城内を自由に行動できるほどだとは思わなかった。

あの日は夜だったのでよく分からなかったが、身に着けている品もかなり上質な代物《しろもの》だ。

だが明るいところで見ると、目の色と髪の色が違うので以前ほどクラウスに似ているとは思わなかった。

髪色は勿論のこと、彼の目の色は優しげな若草色《わかくさいろ》をしていた。

「君にはまた会いたいと思っていたんだ」

大人びた少年だが、その言葉はどこか無邪気さを孕《はら》んでいる。

「わ、私に？」

私は彼との出会いを思い返した。しかしどれだけ記憶を漁《あさ》ってみても、少年がまた会いたくなるような要素には心当たりがないのだった。

いや、今はこの少年にかまけている場合ではない。

私はこれから王妃との対面が控えていることを思い出した。こほんと咳払《せき》いをして、気持ちを立て直す。

「あの、王妃がこちらにいらっしゃると伺《うかが》ったのですが……」

大丈夫だ。言葉遣いも大丈夫なはずだ。

少々の想定外はあったものの、まだ致命的な失態は冒《おか》していない、と思う。

すると少年は困ったように眉を寄せて言った。

「それなんだけど、多分来ないいんじゃないかな」

「え？」

思わぬ解答に、すぐにはその意味を理解できなかった。

少年は、テラスに繋《つな》がる出入り口を指さして言った。

「あちらにね、アーリンゲン侯爵令嬢と何人かの令嬢がいたんだ。多分王妃が呼んだんだと思う」

「それはええと……皆さんでお茶会をするということでしょうか？」

せっかく二人だけだと安堵《あんど》していたのに、大人数のお茶会だと思うと気が滅入る。

だが私の問いかけに、少年は苦笑をもって答えた。

「いや、多分君に待ちぼうけをさせて、雨でびしょ濡れになったところを、あの娘たちに嘲笑《ちょうしょう》させようとしてるのだと思うよ」

その言葉を聞いた時、私はどんな顔をしていただろう。

自分では分からないけれど、多分かなりの間抜け顔だったような気がする。

「ええと……そんなことのためにわざわざ？」

少年を疑っているわけではないが、あまりに非生産的ではないだろうか。

いつ雨が降ってくるかも分からないのに、そのためにあそこで待機しているというのか。貴族というのは暇《ひま》なのだろうか。

「まあ、彼女たちも王妃の呼び出しとあれば断れないよ。ちょうど夜会の件で君とは因縁があるわけだし」

どうも知らないうちに随分《ずいぶん》と恨みを買っていたらしい。私自身は囲まれても反論一つしていないのに、どこに因縁を得る余地があったというのか。

人に恨まれるのには慣れているが、流石《さすが》にこれには乾いた笑いが漏れた。

だが、そんな私を少年は意外そうな顔で見ている。

「ショックじゃないの？　王妃にひどいことをされてるのに」

なんだそんなことか。私からすれば、それに驚く少年の方が不思議だ。

「もとより恨まれていることは承知しております。むしろ雨に打たれるだけで妃殿下の意に沿うのでしたら、寛大なご処置かと」

というか、正直なところ私はほっとしていた。

少年の言葉を信じるなら、王妃はここに来ないということになる。王妃と対面した時の礼儀作法を気にしてひやひやしていた私としては、対面しないで済むならそれに越したことはない。

おかげで緊張もすっかり解けて、くつろぐ気になった。思えば案内してくれた女性がいなくなったのも、私を一人きりにするためだったのだろう。

だが少年の考えは私とは異なるようで、目に見えて気を抜いた私を信じられないとばかりに凝視していた。その顔にもはや笑みはない。

「本気かい？　呼び出しておいて放っておかれるなんて、大変な屈辱じゃないか」

それがなんだというのだろうか。確かに貴族の社会では耐え難《がた》いことかもしれないが、実際に殴られも蹴《け》られもしないのなら、何もされないのと一緒だ。

そんなやり取りをするうちに、王妃の願いが通じたのか空からぽつぽつと雨が降ってきた。

これで王妃の気が済むのなら、もっと激しく降ってくれと思うくらいだ。

ただ、ドレスを用意してくれたクラウスには少し申し訳ない。気合を入れて支度を手伝ってくれたメイリンにも。

帰ったら申し訳なかったと謝ることにしよう。

「雨だ。中へ入ろう」

少年は白くて綺麗な手をこちらに伸ばしてきた。傷一つない柔らかそうな手のひら。

私はその手を拒絶した。

「いえ、妃殿下のお望みとあれば、もっと濡れた方が――」

そう言って固辞していたら、焦《じ》れたのか伸びてきた手にギュッと手首を摑《つか》まれた。

レオはそのままぐいぐいと私を引きずって行って、建物に押し込む。

扉をくぐると彼が言っていた通り、そこには見覚えのある令嬢とその取り巻きたちの姿があった。

気の強そうな顔立ちをした、アーリンゲン侯爵令嬢ビビアンヌだ。

「あら？　濡れた鼠《ねずみ》が――」

ビビアンヌはいかにも楽しげに声を上げようとしたのだが、その言葉は途中で途切れた。

一緒になって笑い合おうとしていた取り巻きたちも、顔を引きつらせている。

どうしたんだろうと思う間もなく、ビビアンヌがその理由を叫んだ。

「王太子殿下!?」

ビビアンヌの視線は私ではなく、私の隣で濡れた前髪をかき上げるレオに向けられていた。


正直、全く予想していなかったと言えば嘘になる。

レオは王妃のことを妃殿下ではなく、王妃と呼んでいた。いくら私以外に誰もいなかったとはいえ、あまりにも不敬だ。

そして彼の上質な衣服と、クラウスの面影《おもかげ》がある顔立ち。

さほど貴族に詳しくなくとも、クラウスの姉の子供である王太子に行き着くのは自明の理だろう。

とはいえ、もしかしたらと思う程度で本当にそうだとは思っていなかった。なぜならそんなやんごとなき人物が、私に話しかけてくるなんてあるわけがないと思っていたからだ。

なのでビビアンヌがレオを王太子殿下と呼んだ時、私の中にはやっぱりという確信と、何かの間違いではという疑いの両方が共存していた。

「濡れていらっしゃいます！　誰か！　侍従に連絡を」

ビビアンヌの声が、テラスに面していた長い廊下に木霊《こだま》する。

そしてビビアンヌは刺繍の入った手巾《しゅきん》を取り出すと、濡れたレオの頭を拭こうとした。

パシンという乾いた音が響く。

私は驚きに目を見張った。レオはあろうことか、自分を気遣うビビアンヌの手を、音を立てて振り払ったのだ。

瞬間その場の空気が凍り付いた。

ビビアンヌも目の前の出来事が信じられないのか、目を見開き顔を強張《こわば》らせている。

「な！」

「勝手に触らないでくれ」

少年が出したとは思えないほど、暗い声音《こわね》だった。

息が詰まるような沈黙が落ちる。

私もレオから離れるべきではと思ったのだが、彼は俯《うつむ》いたまま私の手を握って離さなかった。

ずいぶん長く感じられたが、おそらくは一瞬の出来事だっただろう。ビビアンヌの声を聞きつけた使用人が集まってきて、レオは押し流されるように彼らに連れて行かれてしまった。

夕刻を知らせる鐘《かね》で我に帰る。気づくと呼び出された時刻はとっくに過ぎていた。

「ビ、ビビアンヌ様。もう参りませんと」

硬直した空気の中、取り巻きの一人が立ち尽くすビビアンヌに声をかけた。

それまで石像のように身じろぎ一つしなかった娘は、やっと人間であることを思い出したのか小さく俯く。

一方私はといえば、王妃と会えぬまま帰宅してもいいものかと迷っていた。誰かに聞こうにも、ビビアンヌたちに聞いて望む答えが得られるとも思えない。

「――りよ」

その声は小さすぎて、最初は聞き取ることができなかった。

ビビアンヌの取り巻きたちが戸惑っている。どうやら声の主はビビアンヌだったらしい。

「目障《めざわ》りだから消えてよ！」

ビビアンヌは弾《はじ》かれたように叫んだ。そして同時に腕を振り上げる。それを見て私は咄嗟に後退《あとずさ》った。

振り下ろされた手が空《くう》を掻《か》く。

レオの言うように、彼女たちは私を嘲笑するためにここで待ち構えていたのだろうか。

——本当に？

少なからずビビアンヌの気性を知る私としては、本当に彼女がそれだけで満足するだろうかと疑念を持った。

それに頬を張るかと思われた手は、横ではなく縦に振り下ろされていた。

なんとなく、彼女は青の貴婦人を狙ったのではないかという気がした。この宝石に何かあったら、私の失態になるとでも思ったのだろうか。

ともかくこれ以上厄介《やっかい》なことになる前に、私は王宮を辞することにした。ビビアンヌには消えろと言われたことだし、その言葉通りにしたと言えば言い訳も立つ。

こうして人生で初めてのお茶会は、一口もお茶を飲むことなく終了した。


帰りの馬車の中で、今日のことをクラウスにどう説明しようかと考えていた。

招待主であるイライザ王妃はクラウスの実の姉だ。真実を話すのは告げ口をするようで躊躇《ためら》われた。それにレオの言葉の真偽も分からない。

私は頭に詰め込まれたこの国の一般常識を引っ張りだした。一般常識と言っても、公爵家に来るまでは知らなかったことだが。

王太子の名はレオナルド・バルト・ムーティヒ。確か今年で十三歳になる。

私はレオのことを思い浮かべた。確かに年頃はそれくらいだろう。

夜会の日に、レオが現れた途端ビビアンヌたちが逃げたことも、彼が王太子だとすれば納得がいく。年頃の貴族令嬢であれば、王太子殿下に諍《いさか》いの場など見られたくないに違いない。

だが頭では納得していても、まったく現実感がない。

結局クラウスにどう説明するか考えがまとまらないまま、あっという間に馬車は公爵家の門をくぐった。

馬車が止まり、外から扉が開けられる。

御者の手を借りて馬車を降りようとしたら、報《しら》せがいったのか慌てた様子のクラウスが飛び出してきた。

普段は泰然としている印象があるだけに、私は驚いた。

馬車の中で考えていた諸々がすべて、頭から吹き飛んでしまうほどに。

「……帰ったか」

クラウスはそう小さく呟《つぶや》くと、雨に濡れるのも構わずポーチに出てきて、馬車から降りようとする私に手を伸ばした。

彼の濡《ぬ》れ羽色《ばいろ》の髪に雨粒が降り注ぐ。

主人の暴挙に驚いたフットマンが飛び出してきて、私たちに傘を差しかけてくれた。

いつまでもクラウスを待たせるわけにはいかないので、私は差し出された手を取った。

そして慎重に馬車から降りたところで、クラウスを追ってきたらしいロビンがやってきた。彼は激しく息を乱しており、何か言いたいことがあるらしいがそれもできず咳《せ》き込んでいる。

年齢が年齢なので、あまり無茶はしないでほしい。

「ただいま戻りました」

出迎えてくれたクラウスにそう言うと、彼は眉を顰め複雑そうな顔をした。

「ドレスが濡れているな」

降りる前から服が濡れていることを訝《いぶか》しんだようだ。

テラスにいた時間はそれほど長くなかったので気にしていなかったが、沢山布を使ったドレスは乾き辛いので仕方ない。

今日の出来事をどう伝えるかという難問にはまだ答えが出せていなかったので、私は返事もできずに黙り込んだ。

なので追及されるだろうと危惧したが、そうはならなかった。

彼は私を抱きしめると、耳元で深いため息を漏らした。雨に濡れた髪が冷たい。

「無事でよかった」

その言葉からは、クラウスの深い安堵が伝わってきた。

私はあまりの衝撃に、驚きすぎて声も出なかった。

こんな風に誰かに、出迎えられるなんて初めてだ。今まで嫌な顔をされることはあっても、歓迎されたことはない。

それが私にとっては当たり前だったのに。

何か返事をしなければいけないのに、胸がいっぱいでより一層何も言えなくなってしまった。

前に抱きしめられた時と同じだ。けれどそれだけじゃない。

誰かに待ってもらえるということが、こんなにも嬉しいことだなんて思いもしなかった。

第六章　近づく距離

「最後に質問をよろしいでしょうか？」

ロビンが行うマナー授業が終わろうという刹那《せつな》、私は今だとばかりに質問を投げかけた。

「なんでしょうか？」

私が質問をすること自体はそう珍しいことではないので、当たり前のようにロビンは質問を促《うなが》してくる。

ずっとこの時を待っていた。

授業終わりの、授業内容と直接関係ない質問をしても、咎《とが》められずに済むであろうこのタイミングを。

「最近クラウス様が頻繁《ひんぱん》に抱き着いてくるのは、貴族男性の振る舞いとして正しいのでしょうか？」

私がそう口にした瞬間、確かに室内の時間が止まった。

ロビンは頬《ほお》の筋肉をぴくぴくと引きつらせて黙り込んだ。怒っているのかとも思うが、それにしては叱責《しっせき》の言葉がちっとも飛んでこない。

「……回答を拒否します」

結局そう言い残すと、彼は足早に部屋を出て行ってしまった。

私は質問の答えが得られずがっかりしていたが、同時にロビンは常に忙しいので、引き留めて申し訳なかったなと思った。

付き添っているメイリンはと言えば、余程いいことがあったのかにやにやと顔をゆがめている。今にも大笑いしたいのを我慢しているような顔だ。

最近の彼女は、この顔をしていることが多い。

「何かいいことでもあったの？」

だが不思議に思って尋ねても、メイリンは決まって首を横に振るのだ。

「いいえ。なんでもありません奥様」

そう言いきられてしまっては、追及することもできない。私は諦《あきら》めて自室に戻ることにした。

与えられている部屋に戻っても、考えるのはクラウスのことだ。

というのもロビンに質問した通り、最近のクラウスの行動は理解の範疇《はんちゅう》を越えている。

お茶会から帰ってきて以来、何かにつけては私に抱擁《ほうよう》を仕掛けてくるのだ。

どうしてかと本人に直接尋ねたこともあるが、そうしたいからだと断言されてしまった。一緒に暮らしている者ならばこうするのは当たり前だとも。

はじめのうちはそういうものなのかと受け入れていたが、すぐにおかしいと思うようになった。

何せ私たちが抱擁している時、周囲にいる使用人たちの雰囲気が妙なのだ。

睨《にら》んでいるのとは違う、ほほ笑んでいるが呆《あき》れているというか。とりあえず当たり前のこととして受け入れているのとは明らかに態度が違う。

メイリンにも確認してみたが、にこにこしながらなんでもないとしか言わない。

そうこうしている間に、今度は私が平気ではなくなってきた。

クラウスに抱きしめられると、なんだか妙な気分になってしまうのだ。初めての時はそんなことなかったのに、クラウスの体温を間近に感じると、妙に心がざわめいて落ち着かなくなってしまう。

その割にクラウスが離れて行くと、妙に寂しい気持ちになってしまうのだ。

おかげで私は日々、心をかき乱されている。

抱擁というのがまた曲者《くせもの》で、食事などより短時間で実行可能なため、クラウスはそれこそ毎日抱擁を仕掛けてくる。

以前は忙しさのため食事で会うのも隔日ペースだったのに、今では毎日一度の抱擁をこなしている計算だ。

普通の貴族とはこんなことを習慣にしているものなのか。

この屋敷は人こそ多いものの貴族はクラウスと私しかいないので、比較対象がない。

ならばと勇気を出してロビンに尋ねてみたのだが、回答を拒否されてしまった。これによって真相究明の手段は断たれたことになる。

ならばこのままクラウスの行動を受け入れ続けるしかないのだろうか。

私の症状は日に日に悪化していて、今朝抱きしめられた時には頭が真っ白になって何も考えられなくなってしまった。

これ以上はどうなってしまうのかと怖くなる。

どうにかしなければと考えた末、私は他にも貴族の常識について尋ねる心当たりがあることに気が付いた。

私は悩んだ末に、その心当たりを頼る決断をした。


自宅の前に立つのは、実に半年ぶりだった。

この家で暮らしていた頃のことが、今は遠い遠い昔のことのようだ。

私はメイリンに頼み込んで彼女の私服を借り、公爵家に向かった時と同じように乗合馬車に乗って帰ってきた。

おかげで朝一に出たというのに既《すで》に太陽が傾き始めている。

今日はクラウスが夜まで帰らないそうなので、彼よりも先に帰らねば心配させてしまうだろう。

だっておかえりの抱擁ができなくなってしまう。

錆《さ》びた門扉《もんぴ》を抜け、はやる気持ちを抑えて庭に入る。

私がいた頃、庭までは手が回らずひどく荒れ果てていた。ところが今は庭木や雑草の類《たぐい》がすべて取り払われ人の手が入ったことは明らかだ。

一体私がいない間に何があったのだろう。

伯母の支援というのは考え辛い。何せ伯母は家族ともども騎士団に連れて行かれてしまった。

もしや伯母家族の不祥事の煽《あお》りで、両親はこの屋敷を手放したのだろうか？

だとすれば新しい持ち主によって庭の手入れが行われたことになり、仮説としては筋が通る。

私は庭に立ち尽くし、丸刈りになった庭に佇《たたず》む屋敷を見上げた。

壁に這《は》っていた蔦《つた》なども取り払われ、緑の塊《かたまり》のようになっていた家が建物としての体裁を取り戻していた。

雨漏りをしていた場所には修繕の跡が見られ、積み上げられていた不用品の類も一掃されていた。

一体この屋敷に何があったというのか。

長年過ごしてきた家が、半年足らずでこれほど変わってしまったことに大きな衝撃を受けた。

かつての荒れ果てた様子がよかったというわけではない。整えられた家は心なしか嬉《うれ》しそうだ。

嬉しいような寂しいような、なんとも不思議な気持ちだった。

その時、屋敷の中から出てくる人物があった。

その人物は、庭に出ると空を見上げて眩《まぶ》しそうに目を細めている。口元にはうっすらと笑みが浮かんでいた。

今度こそ、私は叫び出しそうな衝撃を受けた。

それはその人物が、よく見知った人物だったからだ。けれど記憶にある限り、あんな笑顔は一度も見たことがない。

声をかけることもできず立ち尽くしていると、彼女は足をもつれさせ転びそうになった。

なんの考えもなく、咄嗟《とっさ》に駆け寄ってその体を抱き抱えていた。細くて今にも折れそうな体には、確かにぬくもりがあった。そのことに、いささか衝撃を受ける。

「母様……」

彼女は確かに、私を産んだ母だった。

公爵令嬢から父を奪い取った悪女。使用人に密かにそう呼ばれていた女性も、こうして見ると痩《や》せ衰《おとろ》えたか弱い女性にしか見えない。ただし頬《ほお》には罪の証明のように、醜《みにく》い傷が刻まれている。

「あらあら」

転びかけたというのに母は慌《あわ》てる様子もなく、周囲に流れる空気は穏やかそのものだった。

彼女は本当に、私の母なのだろうか。いつもは何かにつけて恐慌状態に陥《おちい》り、些細《ささい》なことで泣き叫んでいたというのに。

「ごめんなさいね。ぼんやりしていたものだから」

あろうことか、彼女は私に謝ってきた。

今抱き抱えている人物は、もしや母ではなくよく似た別人なのだろうか。

そうでなければ、説明がつかない。彼女がこんなに穏やかな顔をして私を見つめるなんて、あるはずがないのだ。

「ジェーン」

やがて母を追うようにして、男性が屋敷から出てきた。

彼は私と母が寄り添っている様子を見て、ぎょっとしたように肩を揺らした。

「アビゲイルなのか……？」

シャツとパンツにサスペンダーという簡素な格好をした父が、そこには立っていた。

「お父様？」

父は気まずそうに、視線を伏せる。

「お父様」

母は嬉しそうに手を伸ばし、父に抱き着いた。

父は母を抱きとめると、なだめるようにその髪を撫《な》でた。母はまるで猫のように、父の手にすり寄っている。そうしているとまるで幼い少女のようだ。

「まあ、なんだ。中に入るといい」

父は気まずそうに言った。

私は大いに戸惑いつつ家に入った。

住み慣れた家の玄関をくぐると、更に驚かされる。なんと使用人がいたのだ。

「お茶の用意を」

父がそう指示すると、控えていたメイドは奥に下がっていった。

家の外見と同じで、中も物は少ないながらに綺麗《きれい》に片付けられている。はっきり言って、私がいた頃とは別の家のようだ。

実家に帰ってきたというのに見慣れぬ室内に、ひどく落ち着かない気持ちを味わった。

驚きすぎて、父に説明を求めることすら忘れていた。ただただ呆気《あっけ》にとられて、周囲を見回していた。ロビンがいればはしたないと叱《しか》られたことだろう。

私は父に促されるまま食堂に入り、いつも座っていた椅子《いす》に座った。以前はぐらついていたはずだが、きちんと修繕されている。

戻ってきたメイドはお茶を用意すると、子供のようにぐずり始めた母を連れて、部屋を出て行った。

「……驚いただろう」

戸惑いがちに父が口を開く。

「一体何があったのですか?」

家の様子もそして両親の様子も、私の記憶にあるそれとはあまりに違っている。

父はカップを手にお茶で喉《のど》を湿らせると、観念したかのように語り始めた。

「お前が出て行ってすぐのことだ。うちにアスガル卿《きょう》が訪ねていらしたんだ」

「クラウス様が？」

父はゆるゆると視線を伏せると、複雑そうな顔をした。

「ジェーンはショックで倒れてしまって、目覚めたらああなっていた。学校入学以降、辛かった記憶はすべてなくしてしまったらしい」

私は思わず息をのんだ。

だがそうだとすれば、母の奇妙な態度にも説明がつく。

「では、私のことも？」

「そうだ。お前のことも、私のことも覚えていない。私のことは実の父だと思っているようだ」

我が子どころか、婚約者から奪うほど愛していたはずの父のことすら覚えていないらしい。そんなことがあるのかと思う。

勿論《もちろん》驚いたし、すぐには言葉を返すことができなかった。

だが自分でも驚くことに、私は実の母に忘れられてしまったというのにひどく落ち着いていた。

というか、悲しいとは思わなかった。

大変だなとは思うが、それだけだ。

だが私の反応が予想外だったのか、父は何かおかしなものでも見るように私のことを凝視していた。

「辛くはないのか？　実の母に忘れられたんだぞ？」

「……そうですね。よく分からないです」

言ってから気が付いた。父はもしかしたら、辛いと言ってほしかったのかもしれないと。

そうでなければこれほどまでに、悲しそうな顔をさせることはなかっただろう。

父は俯《うつむ》いてテーブルの上で拳を握ると、何かを堪《こら》えるようにしばらく黙り込んでしまった。

私の反応に失望しているのかもしれないと思うと、本来の目的である質問をすることなんてできそうになかった。

それからどれくらい時間が経《た》っただろう。二客のカップから湯気が完全に消える頃、父がようやく顔を上げた。

「……いや、お前がそう言うのも当然だな。ジェーンも俺も、親としてお前と接してこなかったのだから」

正直なところ、母の現状よりも父のこの言葉の方に私は驚かされた。一瞬何を言われたのか、咄嗟には理解できなかったほどだ。

それどころか、記憶にある父はいつも酒に酔っていた。こうしてまともな言葉を交わすことすら、いつぶりだろうか。

「アスガル卿に言われたんだ。お前に対して私たちは加害者だと」

父によると、ある日突然訪ねてきたクラウスは、私の扱いについて父を糾弾《きゅうだん》し、後になって大量の使用人を送り込んできたのだそうだ。

その使用人によって半ば廃墟と化していた屋敷は綺麗に整えられ、なおかつ残った少数の使用人に面倒を見てもらっているらしい。

私が公爵家に留め置かれている間、クラウスはきちんと実家にまで手を回しておいてくれていたのだ。

「おかしいか？　俺がこんな話をするのは」

私の表情を読んだのか、父は自嘲《じちょう》気味に言った。

「使用人どもに見張られてるからな。しばらく酒の一滴も飲めていない。頭が冴えて嫌になる」

向かい合う父は、私の知るその人とはまるで別人のようだ。言われてみれば確かに、父からはお酒の匂いが全くしない。

「そのような――」

「ああ、いや。非難したいわけじゃない」

たしなめようとした私の言葉を、遮《さえぎ》って父は言った。

「分かっているさ。アスガル卿の言うことは正しい。お前にとって俺たちは、いい親ではなかっただろう」

いい悪いという基準で、両親のことを量ったことはない。生まれ落ちたからにはこの家のために生き、そして死ぬのだろうと思い続けてきた。

「もう、俺たちのことは気にしなくていい。お前が父の意を汲《く》んで、家のためにと尽くしてくれたことは分かっている」

「お父様……」

「今更何をと思うかもしれないが……もう自由になってくれ。俺もこれ以上、娘の人生を食いつぶすような生き方はしたくない」

初めて真っ当に、父と言葉を交わしたような気がした。

それが嬉しいかと言われると微妙なところで、知らない間に色々なことが変わってしまったようで、ふわふわと心もとなかった。

結局クラウスの抱擁問題なんて綺麗に頭から吹き飛んでしまい、私はそのまま公爵家に戻ることになった。


公爵家に戻ってから、私はずっと上の空だった。

あまりにも変わり果てた実家の様子に、衝撃を受けていたのだ。衝撃というのは実際に体験した時よりも、後になってからより精神に影響が出るものらしい。

私があまりにも茫然《ぼうぜん》としているため、メイリンにも心配されてしまった。

「奥様、大丈夫ですか？　お加減の悪いところはありませんか？」

心配させてはいけないと思いつつ、気を抜くとすぐに上の空になってしまうのだった。何をしていても父と話した内容が思い起こされ、それについてぐるぐると考えてしまうのだ。

「いた」

痛みを感じて視線を落とすと、刺繍《ししゅう》で使っていた針が指に刺さっていた。

手慰《てなぐさ》みに課題の刺繍をしていたのだが、やはり考え事をしていたのがいけなかったようだ。

「大変」

メイリンは私から刺繍枠と針を取り上げると、ぷくりと膨《ふく》らんだ血を慌てて拭き取った。

「ごめんなさい」

あんなに心配されていたのに、やってしまった。

申し訳ないやら情けないやらで、どうにもやるせない。

母に忘れられても悲しいとは思わなかったのに、どうしてこんなにも茫然としてしまうのだろう。

自分で自分が分からない。

やがてなにも手につかないまま夕食の時間になった。

どんな顔をしてクラウスと顔を合わせていいか分からなかったが、幸か不幸か彼は忙しいらしく、夕食は一人だった。

公爵家で出される食事は、とても贅沢《ぜいたく》だ。

私一人のために、何品目も料理が並ぶ。最初の頃はほとんど食べることができなくて、申し訳ないからやめてほしいと頼んだほどだ。

今では品数こそ減ったものの、それでも十分に多い。

けれど料理人が腕を振るったどんなに素晴らしい料理も、一人で食べるとなんだか味気なく感じられた。

昼間の出来事もあってあまり食欲が湧《わ》かず、申し訳ないと思いつつ残してしまった。

「やっぱりお医者様に見ていただいた方が……」

メイリンにより一層心配されてしまい、ふがいないという思いが募《つの》る。どうも、今日は何一つ思い通りにいかない日らしい。

ならば早く寝てしまおうと思い、湯あみを済ませ寝台に入る。蠟燭《ろうそく》の火を落とすと、部屋の中が暗闇《くらやみ》と静寂で包まれた。

珍しく外出したので疲れているはずだが、妙に目が冴えてしまって寝付けない。

私は寝つきがいい方なので、こんなことは珍しい。

起きていると、何度も何度も昼間の出来事を思い出してしまう。無邪気に笑う母の表情と、自由になれと言った父の顔。

自由とはなんだろうか。

言葉の意味は分かる。でもどうするのが自由になるということなのか、それが分からない。私にはむしろ、もう関わり合いにならないと突き放されたように感じられた。もう二度と帰ってくるなと、そう言われたような気がして。

そんなことを考えていたら、俄《にわ》かに部屋の外が騒がしくなった。

何事だろうと不思議に思い、ベッドから体を起こす。

それとほぼ同じタイミングで、慌てた様子のメイリンが燭台《しょくだい》を手に部屋に入ってきた。

「何かあったの？」

思わず問いかけると、蠟燭の小さな明かりに照らされながらメイリンは憮然《ぶぜん》とした顔で言った。

「旦那様《だんなさま》がお見えです」

「クラウス様が？」

どうやら外出していたクラウスが戻ったようだ。けれどこんな夜中になんの用だろう。

「お会いになりますか？」

「勿論《もちろん》」

きっと火急の用に違いない。私は一も二もなく頷《うなず》いた。

するとメイリンはなぜかため息をついて、燭台を置き私にガウンを羽織らせた。その動作は実にゆっくりとしたもので、クラウスを待たせていいのかとこちらがそわそわしてしまったほどだ。

満足したのかメイリンがようやく出入り口に戻ると、待ちかねたかのようにクラウスが飛び込んできた。

ひどく焦った様子で、一体何があったのかと不安になる。

「どうし――」

「なにがあった⁉」

尋ねようとした言葉は、クラウスの大声によってかき消されてしまった。

まさかこちらが尋ねられる側だとは思っていなかったので、一瞬頭が真っ白になってしまった。

「メイリンから、具合がよくないと聞いた」

クラウスは蠟燭のわずかばかりの明かりで私の様子をよく見ようと、顔をのぞき込んできた。

額《ひたい》に大きな手が当てられる。彼の手はひんやりと冷たかった。

「熱はないようだが」

どうやら今日一日上の空だったことについて、メイリンから報告がいったらしい。

クラウス訪問の理由が私の上の空のせいと知って、顔から火が出そうになった。メイリンは私が刺繡の最中に指に針を刺したことまで報告したのだろうか？

だとしたら恥ずかしすぎる。

「わ、わわ」

先ほどまでひどく寂しい気持ちでいたのに、何もかも頭から吹き飛んでしまった。

クラウスはひとまず私の体調に問題はないと判断したのか、ベッドの縁に腰掛け上の空の理由を聞く腹積もりのようだ。

そしてあろうことかいつものように、手を伸ばして抱擁を仕掛けてきた。

熱はないはずなのに、脈が速くなっているのが自分で分かる。いつもよりもひどく動揺させられてしまう。

クラウスは私の気持ちを知ってか知らずか、完全に体を密着させるのではなく、腕を回してなだめるように背中をぽんぽんと叩いた。

遠い昔、まだ小さな頃に祖父がそうしてくれたように。

私は思わず、クラウスの背に己の手を伸ばした。

まるでしがみつくように、その腕に力を込める。

いつもは戸惑うばかりの私が抱きしめ返したので、クラウスは少しばかり驚いたようだった。

「実家で何かあったのか？」

クラウスは心配そうに言った。

メイリンに伝えて実家に向かったのだ。私の行先をクラウスが知らないはずがない。

クラウスが先に切り出してくれたことで、喉につかえていた言葉がようやく出てきた。

「……両親に会いました」

目の前で薄闇に浮かぶ青い目が、じっとこちらを見ている。どんな小さな変化も見逃さないと言うように、その目は真剣だった。

この目の前では、何も誤魔化すことはできないと思った。

「父に聞きました。クラウス様が援助してくださっていたと」

クラウスがかすかに頷く。

「そんな大層なものではない。我がアスガルがスタンフォードにした仕打ちを考えれば」

重いその声音《こわね》に、思わず顔を伏せる。クラウスの目をまっすぐに見続けることはできなかった。

「仕方のないことです。非はスタンフォードにあります。ご恩を忘れ、婚約を破棄したのですから……」

「それは違う。アビゲイル」

思わぬ否定の言葉に、顔を上げる。

「恩があったのはアスガルの方なのだ。お前は知らないかもしれないが、あの婚約はこちらから望んだことだった。スタンフォードとの婚姻は、曽祖父の悲願だったのだ」

なぜ貴族の最高位にある公爵家が、わざわざ格下である伯爵家との婚姻を望んだのだろうか。わけが分からず、首を傾《かし》げてしまう。

クラウスは優しく私の頭を撫でると、ゆっくりと体を離した。

離れてみると、自覚なくとはいえ自分から抱き着いてしまったことが、ひどく恥ずかしく感じられた。

「我がアスガル家は、かつて謀反《むほん》を疑われ断絶しかけたことがある。それを救ったのがスタンフォードだった。我が家の当主は、婚姻によってその恩を返そうとしていたのさ」

それは思わぬ話だった。

私はスタンフォード家に生まれたが、一度もそんな話は聞いたことがない。

おそらく婚約が無残な形に終わったせいで、一族の誰もが口を閉ざし、過去の話をしたがらなかったがゆえだろう。

「ですが、それならなおさら……」

父の裏切りは許しがたかったのではないだろうか。

そう思ったのだが、クラウスは分かっているとでも言うように首を左右に振った。

「私も君の父君に会って知ったのだが、婚約破棄にはどうやら我が姉の意図が関わっていたらしい」

「妃殿下の？」

「そうだ。君の母君を姉が脅《おど》して、君の父君に近づかせたと」

クラウスの言うことが本当だとすれば、間接的にではあるが婚約破棄は王妃イライザによって引き起こされたことになる。

脳裏に祖父の死に際の無念そうな顔が浮かんだ。

家を誇り守ろうとしていた祖父は、あんなにもみじめに死んでいったというのに。

今まで感じたことのないほど、強い感情が私の中に湧き上がってきた。

「もしそれが本当だとしたら、私は妃殿下を許せません」

何度、本当に何度、自分さえいなければと思ったことだろう。

そうすれば父は母と結婚することなく、スタンフォードの家も没落せずに済んだ。たとえ経済的に零落したとしても、祖父はあんなにみじめな思いをせずとも済んだだろう、と。

なにより、私がずっと抱えてきた贖罪《しょくざい》の気持ちは、嚙《か》みしめてきた屈辱《くつじょく》は、何もかもが間違いだったというのだろうか。

今まで、誰も恨んではいけないと自分に言い聞かせてきた。すべては私が生まれたせいなのだからと気持ちに蓋《ふた》をして。

伯母にどんなにひどいことを言われても、ギルバートに殴られても蹴《け》られても、それが当然なんだと思い込んだ。それでも家のために生きることが、私に唯一できる償《つぐな》いだと。あのなにもかもがおかしな家で。

私は強く奥歯を嚙んだ。

そうしなければ、今にも醜い言葉を吐いてしまいそうだった。

「ふう、ふう」

興奮して、息が荒くなる。

悔しくてたまらない。会ったこともない王妃が、憎くてならない。

私の家族と人生をぶち壊しておいて、やがて国母として国に君臨するであろうその人が。

興奮した私を、クラウスが心配そうな顔で見ていた。

王妃はこの人の姉なのだと思っても、憎しみはあとからあとから溢《あふ》れて止まらなかった。

「もう、ここにはいられません」

私は上掛けを跳ね上げると、寝台から降りた。

「アビゲイル？」

部屋の中を見回す。最初に着てきた型遅れのドレスはクローゼットの中だ。

私は暗いクローゼットの中に飛び込んで、乱暴にドレスを掴《つか》んだ。夜着を脱ぎ捨て、頭からドレスを被《かぶ》る。

「奥様！」

控えていたメイリンが叫ぶ。

「奥様なんかじゃない！」

普段の私なら、こんなことはしない。着替えの際にも大人しくメイリンの手を借りただろう。

だけど今は、公爵家から与えられたものはすべて遠ざけたい気持ちだった。メイリンもまた、公爵家に雇われたメイドだ。

だがドレスは短時間に一人で着られるようには作られていない。

最初にこの家に着てきた時だって、不格好だったはずだ。今ではすっかりメイリンの手伝いに慣れてしまったが、本当は慣れてはいけなかったのだ。

「落ち着いてください！」

半裸でドレスの中もがく私を、メイリンが必死に止めようとする。

けれど私はその手を振り払い、クローゼットを出た。ドレスは辛うじて体に引っかかっているような有様だ。さぞやみすぼらしく見えるだろう。

「どうするつもりだ」

クラウスが行く手を阻《はば》む。

私は必死になって部屋の中に視線を彷徨《さまよ》わせた。どうにかクラウスの気を引けるものはないかと考えたが、難しそうだ。

なによりまっすぐに私を見つめる青い目からは、強い意志が感じられる。

「どいてください！」

気づくと叫んでいた。大声は出し慣れていないので、声がひっくり返る。クラウスが驚いて目を見開いたのが分かった。

けれどそんなことどうでもいい。もう一分一秒ですら、この屋敷にいたくなかった。

たとえ冷たい路上に眠ることになっても、公爵家の世話にはなりたくなかったのだ。

まるで獣に体を支配されているかのようだった。理性が全くいうことをきかない。押さえつけてきた感情のすべてが一気に噴き出したかのようだ。

私は矢も楯《たて》もたまらず、クラウスの横をすり抜けようと駆けだした。

しかし闇の中であっても彼は素早く反応し、その長い腕で私を拘束した。そして力強く抱きしめられる。

「はなして！」

私は必死になって暴れた。遠慮なんてできなかった。

びりびりとドレスが割ける音がしたし、めちゃくちゃに手足を振り回した。時折、肌と肌がぶつかりあうペチとかベチンという音が聞こえた。

多分明るかったら、こんな無茶苦茶なことはできなかったと思う。見えないからこそできたことだ。

けれどそんな状態でも、クラウスは私を抱きしめて放そうとはしなかった。叩いても手を突っ張っても、宥《なだ》めようとも逃げようともしなかった。一度力が入りすぎてお腹《なか》を殴ってしまったのだが、それでも怯《ひる》むそぶりすらなかった。

体格の大きなクラウスに押さえ込まれると、抵抗する術《すべ》は限られる。

それでも必死になってもがいた。感情が荒れ狂っていて、じっとしていることができなかったのだ。

それからどれくらい暴れただろう。

もう腕を上げることすら億劫《おっくう》になるほど疲れ切り、私はようやく足掻《あが》くのをやめた。

そうしたら今度は、泣けて泣けて仕方なかった。結局非力な身では何一つ自由にできないのだと思うと、どうしようもなくみじめだった。

頼りたくないのに、クラウスの腕の中にいると安心してしまう自分がいた。

いつの間にかこれほどまでに慣らされていたのだ。

私はクラウスにしがみつき、子供のように大声を出して泣いた。

それはまるで、自分が別人になってしまったかのように思える一夜だった。


疲れ切って眠ってしまった後、私は目が覚めて大層後悔する羽目になった。

それはなぜかというと。

「……起きたのか？」

起きてもまだ、クラウスの腕の中にいたからだ。

カーテンの隙間《すきま》から薄く光が差している。小鳥の声が聞こえるさわやかな朝が、クラウスのおかげで衝撃的な場面に早変わりだ。

彼もまた起きたばかりのようで、眠たげに瞬《まばた》きを繰り返していた。

だが私はといえば、それどころではない。

なにせ朝日の中で見るクラウスは、彫刻のごとき顔を見事に腫《は》らしていたからだ。いつもかっちりと着こなしている服は乱れているし、シャツをまくった腕にはあろうことかひっかき傷まであった。

「ひっ」

あまりの衝撃に、私は呼吸することも忘れた。

この屋敷に猫などいない。それどころか当主たるクラウスに手を上げる者などいるはずがない。

つまり現在の惨状を作り出したのは、私以外にいないということだ。

血の気の引く音がするとはこのことかと思った。いっそ忘れてしまいたいと思うほどに、私は昨夜の出来事をはっきりと覚えていた。

「急いで手当を！」

起き上がろうとしたが、私の背に回っているクラウスの腕がその邪魔をする。

眠っていたというのにその手はかっちりと組まれていて、だからこそ眠っていたのにこの体勢だったのかと納得がいった。

その時、私の声を聞きつけたのかメイリンが中に入ってきた。

「お目覚めになられたのですね！」

彼女はその顔に疲れを滲《にじ》ませながら、それでも嬉しそうに言った。

不自然な体勢で寝たせいなのか、それとも寝る前に大暴れして泣いたからなのか。顔は腫れぼったいし、節々に痛みを感じる。

「とりあえず身支度を整えるとしよう。お互いひどい有様だからな」

そう言うと、クラウスはようやく手を離してベッドから出て行った。彼自身も不調を感じているのか、立ち上がって伸びをしている。昨日外出した時のままと思われる服は、残念ながら皺《しわ》だらけになっていた。ロビンが見たら卒倒するかもしれない。

いやそれ以前に、クラウスの腫れた頬《ほお》を見たらここに殴り込みに来るかもしれない。

普段冷静な家令も、主である公爵家のこととなるとそれこそ人が変わったようになるからだ。

それから私はロビンの襲来に怯《おび》えながらも、メイリンに促されるまま顔を洗って服を着替えた。

さっきは気づかなかったが、改めて自分の格好を見て驚いた。

上から毛布こそ掛けられていたものの、私はあちこち破けた古いドレスを辛うじて纏《まと》っているだけの、半裸に近い状態だったのだ。

こんな格好で一晩中クラウスに抱きしめられていたかと思うと、顔から火が出そうになる。

「本当に大変だったんですよ。寝てるのに旦那様は手を離してくださいませんし、お二人を引き剝《は》がすこともできなくて」

少し元気を取り戻したメイリンが、ぷりぷりと怒りながら言う。それでもしっかりと絞った手ぬぐいで私の目を冷やしてくれるあたり、本当に献身的なメイドだ。

「旦那様も旦那様です。ご自分の手当ても許さないし、奥様の閨房《ねや》だからと執事を入れるのも嫌がられて」

どうやら私が眠ってしまった後も、ひと悶着《もんちゃく》あったようだ。

主人たるクラウスに命じられれば、メイリンも逆らうことはできなかっただろう。

「本当にごめんなさい。メイリンも休んで」

さっきから申し訳なくて何度もそう言っているのだが、彼女は聞き入れない。

「だめです。このままじゃ奥様が心配で眠れませんよ。申し訳ないと思うなら、もう無茶は控えてくださいね」

昨日あんなに取り乱した私を見ても、メイリンは普通に接してくれる。それがくすぐったいやら申し訳ないやらで、私はそれ以上強く言うことができなかった。


せめてもクラウスと話す間は休んでいてほしいとメイリンに伝え、私は一人食堂へと向かった。

食堂に入ると、先に着替えを終えたらしいクラウスが席についていた。壁際にはロビンが立っている。彼は私の顔を見てぎょっとした後、なぜかきまりの悪そうな顔をしていた。

「落ち着いたのか？」

読んでいた報告書から顔を上げ、クラウスが言った。

手当こそされているものの、赤みの残るクラウスの顔を見て居たたまれない気持ちになった。

「本当に……なんとお詫《わ》びして――」

「やめろ」

私の謝罪を、クラウスが遮《さえぎ》る。

「考えたのだが、どうも君は謝罪をすると思考が停止してしまうらしい。これからは容易《たやす》く謝罪することを禁ずる」

突然の謝罪禁止宣言に、私は唖然《あぜん》としてしまった。まさかこんなことを言われるなんて、想像もしていなかったのだ。

彼はゆっくりと立ち上がると、こちらに歩み寄り私の目の前で足を止めた。冷静な目が私を見下ろしている。

「君は、私に謝罪を求めるか？」

思ってもみないことを聞かれ、一瞬何を言われたのか分からなかった。

「まさかそんな……謝らなければならないのは私の方で」

「君が昨日あれほど取り乱したのは、姉の話を聞いたからだろう。婚約破棄は姉によって仕組まれたことかもしれないと」

改めて昨日の話題を持ち出され、思わず押し黙ってしまった。

昨日ほど取り乱しはしないものの、やはりその話を聞くと私の中に怒りが湧いてくる。

「君が姉に対して怒るのは当たり前だ。彼女のしたことは許されることではない」

クラウスは感情を押し殺したような平坦な口調で言った。

「ならば、私のことも許せないと思うか？」

「そんなことはありません！　クラウス様はっ、この家の方は皆さんよくしてくださいました。ご家族だからといって恨むようなこと――」

「私も同じだ」

私は呆気にとられてしまった。

じわじわと理解が追い付いてくる。つまり彼はこう言いたいのだ。

「君が婚約を破棄した伯爵の娘だからといって、恨んだりしない。だからそんなに卑屈《ひくつ》になる必要はないんだ」

「あ……」

家族が悪いことをしたら、謝るのは当たり前だと思った。両親は勿論《もちろん》のこと、ギルバートが物を壊したら止めなかった私の責任だし、借金が返せないのも私というごく潰しがいるせいなのだと思っていた。

私さえ生まれなければ、平穏だったと祖父が願ったように。

だから物心がついた時から、誰かのために謝るのは私にとって当たり前のことだった。

けれどクラウスはそうではないと言う。

「君が謝るなら、俺も姉のことを謝らねばならなくなる。改めて聞く。君は俺に謝罪を求めるのか？」

クラウスの目を見ていられなくて、私は思わず俯いてしまった。

本当に、そんな風に思ってもいいのだろうか。

両親の罪を後ろめたく思う必要はないのだろうか。

私はものすごくよく考えて、首を左右に振った。クラウスに謝ってほしいとは思わない。たとえ彼の姉が許せなかったとしても。

そして同時に、クラウスやロビンに感じていた引け目が溶けていくのを感じた。

そうか。もう遠慮して生きる必要はないのだ、と。

「私は納得できません」

その時、ずっと黙って控えていたロビンが口を開いた。

眉を顰《ひそ》めクラウスが振り返る。

「ロビン。お前はこれまでアビゲイルの何を見てきた。お前は教師として傍《そば》で彼女自身を見てきたはずだ。それでもまだそんなことを言うのか」

顔は見えないけれど、クラウスが気分を害しているのがその声音から伝わってきた。

残念だが、仕方のないことだ。それでも一体何を言われるのかと身構えていると、ロビンは躊躇《ためら》うことなくこう言った。

「そうではございません」

「なに？」

「納得できないのは、イライザ様のことです」

イライザというのはつまり、クラウスの姉である王妃のことだ。

「我々はまだ、スタンフォード伯爵からしか事の次第を聞いておりません。これまで過去の資料や当時の同級生などを当たりましたが、彼の言葉を証明することはできなかった」

「では、信じられないと？」

クラウスの問いを、ロビンは首を振って否定する。そして別人のように肩を落とす。

「いえ、ですがどうしても確かめねばならないことがあります。イライザ様に」

「姉に？」

クラウスが訝《いぶか》しげな声を上げる。

ロビンの申し出は、私たちにとって思いもよらぬものだった。


「私が知っていることを、すべてお話しします」

ロビンはそう前置きをしたかと思ったら、突然席を外した。

何事かと首を傾げていると、間もなく古そうな木箱を抱えて帰ってきた。真ん中に留め金のある、ちょうど抱え込めるくらいの立方体の箱だ。

「それはなんだ？」

不思議に思ったのだろう。クラウスがすぐさま問いかけた。

ロビンはその質問には答えず、食堂のテーブルの上に恭《うやうや》しく箱を置くと、あらかじめ鍵を開けておいたらしい箱の留め金を外した。

箱の中から現れたのは、なんとも奇妙な物体だった。

艶《つや》のあるシルクのかぶせられた土台に、首飾りらしいものが置かれている。だがその首飾りは、トップの部分に大きく凹《へこ》んだ台座が有るだけの、なんとも奇妙なものだった。

おそらく中心にあった宝石が欠けてしまったのだろう。

凹《へこ》みの大きさを見るに、余程大きな――それこそ青の貴婦人級の宝石が飾られていたのではないかと思われる。

「おい、これが一体なんだと――」

「こちらが真の、青の貴婦人でございます」

ロビンの言葉に、クラウスは言いかけた言葉をなくした。

驚いていたのは私も同じだ。

「どういうことだ？　青の貴婦人は金庫にしまってあるだろう。それに、先日アビゲイルが着けた物とは似ても似つかないじゃないか」

確かにクラウスの言う通りだ。

私はアーリンゲン侯爵の夜会と王宮へ出向いた際、実際に青の貴婦人を目にしている。

こちらの首飾りは細工もあちらより粗《あら》いし、何より名前の由来となった大粒のブルーダイヤが欠けている。

「あちらは先代様が造らせたイミテーションなのです」

偽物《にせもの》を意味するその言葉に、私たちは思わず息をのんだ。

「どういうことだ!?」

クラウスが取り乱すのも無理はない。青の貴婦人は公爵家を代表する秘宝。それが偽物とあっては、公爵家の名に傷がつく。

しかしロビンはクラウスの言葉に構わず、話を続けた。

「そしてこの青の貴婦人こそが、アスガル家とスタンフォード家の盟約の証《あかし》」

私とクラウスは思わず顔を見合わせた。

「二家の盟約は、アスガル家の冤罪《えんざい》をスタンフォード家が晴らしたことに恩義を感じ、縁を繋《つな》ごうというもの。クラウス様は先代様にそう伺《うかが》っておいでのはずです」

「そうだ。そう聞いている」

「ですが、それだけではないのです」

「なに?」

ロビンは少し悲しそうな顔をして言った。

「アスガル家の謀反は冤罪ではなく、事実行われたのです」

息をのむ音が聞こえた。それは自分のものだったのか、隣にいるクラウスのものだったのか。

「何を言う。だとすればアスガル家が無事に済むはずがない」

「通常であれば、そうです。ですがその謀反は、人知を超えた存在によって引き起こされたある種の天災でした」

「どういうことだ?」

緊迫した空気の中、クラウスの問いかけに対する答えは、予想もしていないものだった。

「当時のアスガル家当主に、悪魔が取り憑《つ》いたのです」

「馬鹿な!」

クラウスが叫ぶ。

私もまさかここで、おとぎ話の中の存在が出てくるとは思わなかった。

「悪魔なぞ実在するわけがないだろう。耄碌《もうろく》したかロビン」

クラウスの野次に構わず、ロビンは静かに首を左右に振った。

「事実でございます。そしてだからこそ、この事件は闇に葬られたのです」

ロビンの言葉は迫力を感じさせた。家令の本気を感じ取ったのか、クラウスも口を閉じる。

「スタンフォード家の娘は、真なる青の貴婦人と引き換えに悪魔を祓《はら》った。以来、公爵家は青い瞳を持つ子しか生まれなくなったそうです。或《あ》いは青の貴婦人をその身に取り込んだからとも先々代様は申しておりましたが」

「まさか……」

クラウスは半信半疑のような顔で、己の顔を押さえていた。

確かに彼の目は、美しく澄んだ青色をしている。

私はロビンが持ってきた箱の中に目をやった。彼の話を信じるなら、悪魔を祓うために宝石が使われ、首飾りの台座だけが残されてしまったのだと一応の筋が通る。

「当時の王は忠臣であったアスガル家を惜しみ、真実を闇に葬りました。更に言えば、悪魔についての話が流布され、国民に不安が広まることを恐れたのです」

「だが、どうしてスタンフォード家の娘にそんなことができたんだ？　スタンフォード家が悪魔祓《ばら》いを生業《なりわい》にしているという話は聞かないが」

後半の問いは私に向けられたものだった。

だがこちらにも思い当たる節はなく、首を左右に振るほかない。

「それは私にもよく……ただ先々代様は、その方を聖女と呼んでいたように記憶しております」

その言葉に、私は図書室にあった本の記述を思い出した。

悪魔を祓った青き聖女というのは、青の貴婦人の本来の持ち主であるスタンフォード家の娘のことだったのかもしれない。

そして図書室の蔵書の中に悪魔の資料がやけに充実していたことも、ロビンの話を裏付けているように感じられた。

「では、お前はその話をお祖父《じい》様から聞いたと？」

クラウスの問いに、ロビンはゆっくりと頷いた。

「先々代様も、完全に信じてはいなかったのかもしれません。ですがスタンフォード家には礼を尽くすようにと、いつも仰《おっしゃ》っておいででした」

「だが、その話が本当ならどうしてわざわざ偽物の青の貴婦人を作らせたんだ？　それもスタンフォードに返すわけでもなく、アスガルの家宝にしたのはなぜだ」

クラウスの疑問はもっともだった。

私の脳裏《のうり》に、身に着けた時の青の貴婦人の重みが蘇《よみがえ》る。

あれは偽物と言っても偽の宝石などではなく、大きなブルーダイヤモンドをあしらい公爵家の財力を賭けて作り上げた逸品だろう。

「備えだと、先々代様は仰っておいででした」

「備え？」

「ええ。首飾りがあれば悪魔を牽制《けんせい》することができるはずだと仰っておいででした。そしてこの話は、先代様もご存じです。ですが残念ながらクラウス様にお伝えする前に、どちらもお亡くなりに……」

どうやらクラウスの父の死は、悪魔について言い残すことができないほど急なものだったようだ。

「アスガルとスタンフォードの盟約については理解した。だがその話と姉になんの関係があるというんだ」

クラウスの問いによって、私ははっとした。

すっかり聞き入ってしまっていたが、先ほどまで王妃が本当に私の両親を陥《おとしい》れたのかという話をしていたはずだ。

ロビンは一つ大きなため息をついた後、呟《つぶや》くように言った。

「……先代様は、イライザお嬢様を警戒なさっておいででした」

「父が姉を？」

クラウスの問いに、ロビンがこくりと頷く。

「イライザお嬢様はもともと、利発で心優しく誰からも愛されるお方でした」

心優しくという言葉に、私は引っ掛かりを覚えた。メイリンの話から、とても厳しい人という印象があったからだ。

「ところがある日突然、別人のようにお変わりになられたのです。お嬢様は他人に対して、とても冷たくなられた」

「そうだったか？　姉上とはあまり関わりがなかったからな……」

「同時に、まだ起こっていない出来事を言い当てるようになりました。予言です」

「まさか……本当に？」

思わずそんな言葉が口をついた。

悪魔の次は予言だなんて、本当におとぎ話のようだ。

これにはロビンではなく、クラウスが頷いた。

「これに関しては本当だ。俺も何回も見ている」

どうやら、公爵家の人間にとっては周知の事実だったらしい。なおさらイライザという人が、どういう人なのか分からなくなる。

「父はそれを、悪魔の力だと？」

「理由はそれだけではありません。お嬢様は青の貴婦人に執着しておいででした」

これは私も耳にしたことのある話だ。クラウスもだからこそ私に青の貴婦人を身に着けさせた。

「だが、青の貴婦人は悪魔を退《しりぞ》けるための物なのだろう？　執着するというのは全く逆の行動のように思えるが」

「ええ、ですから私も、お嬢様は悪魔のはずがない。そんなものは迷信だと長年信じておりました。先代様からご相談を受けたこの話も、墓場まで持っていくつもりで」

そう言うロビンの顔はとても寂しそうだった。確かに彼は、私がこの屋敷に来た時から一貫してスタンフォードに怒りを向けていた。それは裏を返せば、イライザの無実を信じていたということだ。

「ですがスタンフォードの屋敷で……ジェーン様の傷を見て、疑いを持ちました」

ロビンは少しの間言葉に詰まっていた。

「もし本当に……悪魔などというものがいるのなら。どうかイライザ様をお救いください」

ロビンは肩を落とし、祈るように言った。それだけで、なんだかひどく彼が小さくなってしまった気がした。

第七章　青の貴婦人

よく晴れた日だった。

私はクラウスと一緒に王宮へと赴《おもむ》いた。二度目の王宮はクラウスと一緒ということもあり、侍従たちにかいがいしく世話をされ、テラスなどではなく奥へ奥へと案内された。

「顔を上げよ」

私たちは今、玉座《ぎょくざ》の間にいる。

許しを得て、私とクラウスは顔を上げた。

壇上にある玉座には、あわい金髪を持つ壮年の男性が腰掛けていた。彼こそが国王だろう。そしてその隣には、クラウスと同じ目と髪の色を持つ美女がいる。

扇子《せんす》で表情を隠してこそいるが、その容姿は両親と同い年とは思えないほど若々しい。彼女は玉座の隣の椅子《いす》に腰かけ、自信に満ち溢《あふ》れた様子だった。

だが同時に、憎悪というべきかなんともとげとげしい空気を感じた。初めて見る父のかつての婚約者に、私は息をのんだ。

玉座の間には他に、夜会で以前会ったバレーヌ伯爵の姿もあった。これから何があるのかと、にやにやしながら成り行きを見守っている。

「今日は結婚の許しを得るために来たとのことだったな。相手はそちらの娘で相違ないか」

クラウスが義弟であるからか、国王の声は親しげだった。王の視線を受けて、私は今一度畏《かしこ》まって頭を下げた。

「ご無沙汰《ぶさた》しております陛下。ご承知の通り、今日は王家の皆様方に婚約者を紹介したく参りました」

王はしたり顔で顎鬚《あごひげ》を撫《な》でる。

「多くの娘が泣くことになるな。偏屈《へんくつ》公爵もようやく結婚する気になったか」

「まさかご結婚なさるなんて思いませんでした」

そこに、わずかに高い声が割って入った。

王と公爵の会話に割って入ることが許される者など、ほんの一握りだろう。そして私はその声の主に見覚えがあった。

「お久しぶりですね叔父上」

奥から進み出てきたのは、レオだった。

確かに彼が王太子だと知ってはいたが、改めて玉座にほど近い場所に立つ彼を見ると、そらおそろしい気持ちになった。

「久しいなレオナルド。先日は手紙をありがとう。助かったよ」

初耳だった。どうやらクラウスとレオは、私的に手紙を交わすほど親しい間柄であるらしい。

「そちらのご令嬢は……」

レオの言葉が水を向けてくれる。

「アビゲイル・スタンフォードと申します」

自己紹介のため家名を告げた瞬間、その場の空気が凍り付くのが分かった。事情を知るクラウスとレオだけは涼しい顔をしていたが。

「スタンフォードか……」

重々しく王が言った。どうやら王妃の輿入《こしい》れ前の醜聞《しゅうぶん》は、王の耳にも入っていたらしい。王妃のとはいっても、一方的にスタンフォード家が悪いという話に違いないのだが。

「陛下。今こそ当家の宿願を果たさせていただきたく」

「宿願？」

「ええ。かつて我がアスガル家は、スタンフォード家に断絶の危機を救われたのです。時間はかかりましたが、彼女を娶《めと》ることで先祖にも顔が立ちます」

クラウスが朗々と宣言する。その顔からはすっかり腫《は》れが引き、もとの美男ぶりを取り戻していた。

「だがなぁ」

王は困ったように呟《つぶや》いて、ちらりと隣を窺《うかが》った。王妃の発する怒気に気づいているのだろう。

「どういうことですかクラウス」

ここにきてようやく、王妃イライザが口を開く。

「どう、とは？」

「その娘が着けているのは、青の貴婦人ではありませんか？」

イライザはまず何よりも先に、私の身を飾る宝石について指摘した。

そう。彼女が最初から隠しようもないほど怒気を発していたのは、公爵家が家宝とするこの宝石のためである。

とは言うものの、ロビンの言うことが正しければこれは公爵家で後から作られた偽物《にせもの》ということになるが。

「私の婚約者なのですから、着けてもらっても問題はないでしょう」

取りなすようにクラウスが言った。

すると興奮したように、イライザはその場で立ち上がる。

「だめよ！　それを渡しなさい」

そう叫ぶと、イライザは足早にこちらに向かってきた。隣にいた王も、傍《かたわ》らのレオもこれには驚いたような顔をしている。

確かに彼女の行動は、明らかにおかしい。

いくら他人が青の貴婦人を身に着けているのが気に入らないと言っても、王の面前で取り上げるような無茶は淑女として相応《ふさわ》しくない。それはマナーに疎《うと》い私にも分かることだ。生粋《きっすい》の淑女である彼女に分からないはずがない。

それに、重いドレスを纏《まと》ってどうしてあんなに速く歩けるのだろう。彼女は信じられないような速さで私の目の前に到達した。

隣にいたクラウスが間に入ろうとしたのに、間に合わなかったほどだ。

彼女は無遠慮に青の貴婦人に手を伸ばした。まさかこの場で奪い取るつもりかと、恐れと驚きを抱く。

だが次の瞬間、イライザはまるで見えない壁に弾《はじ》かれたように見えた。次の瞬間、悲鳴を上げて手を引く。

「ぎゃっ」

その声を聞きつけて、戸惑っていた近衛騎士《このえ》たちが集まってくる。

彼らはすぐさま私を包囲した。

「おい貴様！　妃殿下に何を――」

「待て！」

剣を抜こうとする近衛をクラウスが制した。彼は私の肩を抱くと、庇《かば》うように抱き寄せた。

「お前たち見ていなかったのか。アビゲイルは何もしていない！」

玉座の間に気まずい沈黙が流れる。

それを破ったのは、王妃の金切り声だった。

「うるさい！　お前たちどうして言う通りにしないの⁉　それは重要なアイテムなの！」

アイテムという耳慣れぬ言葉に、おそらくその場にいた誰もが訝《いぶか》しんでいた。しかし最終的に、近衛騎士たちは公爵よりも王妃の命令に従うと決めたようだ。

剣こそ抜かないものの、彼らは私たちを取り囲み威圧してきた。

「閣下。どうかその首飾りをこちらへ」

まさかこんなことになるとは思いもしなかった。

青の貴婦人を目にした王妃がどう出るかを見るつもりだったのだが、まさか衆人環視の中で王妃がなりふり構わず首飾りを欲しがるなど、想像さえしていなかったのだ。

私はクラウスの顔を見上げた。

彼は顔をゆがめた後、不本意そうに頷《うなず》く。

私は青の貴婦人を外し、恐る恐る近衛騎士の一人に手渡した。

「ははは……あははは！」

王妃が笑う。それは本当に恐ろしい笑い声で、その場にいる誰もが顔を引きつらせていた。夫である国王は、突然の出来事に面食らっているのか、目を白黒させている。

「母上、いくらなんでも……」

たしなめようとしたレオの言葉を王妃が遮《さえぎ》る。

「青を持たずに生まれたくせに」

王妃はあろうことか、息子である王太子に暴言を投げかけるとふらふらと病人のように青の貴婦人を持つ騎士に近づいた。

ここまでくると、私は既《すで》に王妃が悪魔に取り憑《つ》かれていると確信していた。そうでなければここまで首飾りに執着する理由がない。

それはクラウスも同じだったようで、顔を引きつらせて食い入るように姉を見ている。

青の貴婦人を受け取った騎士は、こわごわと跪《ひざまず》いて王妃にそれを差し出した。

イライザは手を伸ばす。すると先ほどは弾かれたように見えたのに、彼女は無事青の貴婦人に触れることができた。

やはり本来の青の貴婦人と違い、この首飾りには悪魔を退ける力はないのかもしれない。

だがそれだと、先ほど弾かれたのはなぜだったのかという疑問が残る。

「ようやく尻尾《しっぽ》を出したな、悪魔め！」

驚いたことに、そう叫んだのは同席していたバレーヌ伯爵だった。彼はどこに隠し持っていたのか、玉座の間であろうことか剣を抜いていた。

それに気づいた近衛騎士たちが、王妃を護《まも》ろうと伯爵と王妃の間に立ちふさがる。

「バレーヌよ。乱心したか！」

玉座の間は混乱の渦に陥《おちい》っていた。第三者がこの場を見れば、バレーヌ伯爵の謀反《むほん》を疑われてもおかしくない。

だが伯爵は王妃を悪魔と呼んだ。先ほどの発言から考えて、彼は長年王妃を悪魔ではないかと疑い続けてきたのかもしれない。

王妃は高笑いしたかと思うと、美しい笑みを湛《たた》えて目の前にいる近衛騎士の体を薙《な》いだ。そう、驚いたことに自分の倍は重さがありそうな騎士を、素手で軽々と振り払ったのだ。

重い金属製の防具を纏った騎士が、二人まとめて吹き飛んでいく。

目の前の出来事は明らかに人知を超えていた。

王妃を護ろうとしていた残りの騎士たちは、啞然《あぜん》としてその場に立ち尽くしている。

伯爵は剣を持ったまま国王に駆け寄ると、王を護るようにその前に立ちはだかった。

「バレーヌよ。これは一体……」

王も目の前の出来事が信じられないのか、大層狼狽《うろた》えている様子だ。

「陛下！　説明している暇《ひま》はございません。殿下を連れて急ぎ非難を！」

泡を飛ばして伯爵が叫ぶ。王は気を取り直すと、レオを連れて玉座の後ろにある扉から出て行った。顔を青くした侍従たちも急いでそれに続く。

しかし王妃の関心は、王には向いていなかった。彼女は一心にこちらを見つめていたからだ。

騎士を薙ぎ払った手は巨大化し、その爪は長く尖《とが》っていた。

「クソ！　剣さえあれば」

クラウスが悪態をつく。流石《さすが》に謁見《えっけん》に剣を持ってくるわけにはいかない。ここで剣を抜いた伯爵の方が異常なのだ。

「これで、なにもかも私の思うがまま！」

王妃は楽しそうに叫ぶと、巨大な手を引きずりながら私たちに迫ってきた。

クラウスが前に立ちはだかり、私を後ろに押し出す。

「逃げろ！」

迷いはしたものの、私では足手まといにしかならないのは分かり切っていた。できることがあるとすれば、外に出て助けを呼ぶことくらいだ。

泣きそうになりながら、扉までまっすぐ引かれた絨毯《じゆうたん》の上をひたすらに走った。

「どきなさいクラウス。うちにあんな娘はいらないの」

どうやら王妃の標的は私のようだ。いつの間にか青かったはずの王妃の目は、血のような深紅《しんく》に変わっていた。

「やめるんだ姉上！　一体どうしたというのだ」

クラウスの叫びが背中に聞こえる。

私はクラウスの身が心配でたまらなくなった。私を狙っているというのなら、なおさら彼には傷ついてほしくない。

私は足を止めて振り返る。

「こっちよ悪魔！　青の貴婦人がなくても、あなたなんてぶちのめしてやるから！」

精一杯の悪態をつくと、向けられる敵意が大きく鋭くなったように感じられた。

「アビゲイルやめろ」

クラウスが叫ぶ。

だが私だってやめるわけにはいかない。

「こっちよ！」

挑発されたと感じたのか、王妃は立ちはだかるクラウスをも騎士と同じように薙ぎ払った。

クラウスの体が宙を舞う。

「クラウス！」

彼に駆け寄りたかったが、私がここにいては被害者が増えるばかりだ。

必死に逃げて、扉までたどり着く。だが玉座の間の扉は大きく、私一人の力では開けることすら一苦労だった。

入ってくる時に開けてくれた侍従は、とうに逃げてしまったようだ。

こうして私はあっという間に、追い詰められてしまった。もはや別人のように変わり果てたイライザを前に、為《な》す術《すべ》もない。

私はその爪に目をやった。

母の頬《ほお》の傷。まるで鋭い刃物で切り裂かれたような傷だった。

もしかしたら母は、王妃のこの姿を見たことがあるのかもしれない。そうでなければ体を使ってまで父を誘惑なんてしただろうか。

そして死の間際まで、悪魔を恐れていた祖父。

祖父は何を知っていたのだろう。彼が死ぬ前に詳しい話を聞いておけばよかったと悔やまれる。

王妃が笑顔を浮かべたまま、巨大な手を振り上げる。

顔だけでは済まないだろう。

私は最後にと思い、倒れたクラウスに目をやった。

最初は怖かったけれど、彼は優しい人だった。すまなかったと私に謝って、傷つくのも厭《いと》わず私が落ち着くまで傍《そば》にいてくれた。

実家にいた頃は早く死にたいとすら思っていたのに、今は彼と会えなくなると思うと辛い。

自分の中にある彼への気持ちを、せめて最後に伝えてから死にたかった。

振り下ろされる手を見ながら、私は死を覚悟して目を閉じた。

エピローグ

レースのカーテンが揺れている。

「いやあまったく、驚いたのなんの」

クラウスのお見舞いに来たバレーヌ伯爵は、大きなお腹《なか》を揺らして笑いながら言った。

「笑い事じゃありませんよ」

クラウスは不機嫌そうだ。けれど本当は、バレーヌ伯爵に会えて機嫌がいいことを私は知っている。

「卿《きょう》が悪魔対策官だったなんて、俺は全然知りませんでした」

「わっはっは、一応極秘任務でな。家内も知らん」

大笑いして言う内容でもないと思うが、その笑い声に思わずつられてしまった。

「そもそも普段は悪魔の文献を掘り起こしているだけの閑職でな、それがまさか本当に悪魔をこの目にする日がこようとは」

「姉はやはり？」

クラウスの問いに、伯爵は頷《うなず》いた。

「ほぼ間違いないだろう。見た目では判断がつかんから、遠方の離宮で蟄居《ちっきょ》になる見通しだ」

あの日、イライザは拘束された。

けれど何よりも驚いたのは、そんなことではない。

「それにしてもまさか、アビゲイル殿が聖女とは」

突然話題を振られ、話を黙って聞いていた私は困ってしまった。もともとお客様を喜ばせるような話術は持ち合わせていない。

「あの、何かの間違いでは……」

「いやいや、あの日確かに、あなたに襲い掛かった妃殿下が弾《はじ》き飛ばされた。あれ以来妃殿下はうんともすんとも言わない人形のようになってしまった。おかげで原因究明にも難儀しておりますが」

そう。

死を覚悟したその時、逆に倒れ伏したのは王妃の方だった。

彼女は青の貴婦人に触れようとした時と同じように、私の目の前で見えない壁に弾き飛ばされたのだ。

ここに至って、彼女を弾いていたのは青の貴婦人ではなく、私自身なのではないかという疑念が生まれた。

けれどまさか、自分が聖女だなんて思いもしないし、今でも信じ切れずにいる。

だがここで皮肉を言っていたはずのクラウスも、伯爵の援護に回った。

「俺もあれから図書室の資料を一通り読んだが、悪魔を打ち払ったのは聖女の血と書かれたものがあった」

「血、ですか？」

「事実スタンフォード家は過去に聖女を輩出している。アビーにその素質があったとしても不思議はないだろう」

愛称で呼ばれ慣れていない私は、返事ができなくなってしまった。

悪魔と相対して意識を取り戻した後から、クラウスは私を愛称で呼ぶようになった。曰《いわ》く、結婚するための予行練習とのことだ。

けれど今まで誰からも愛称で呼ばれた経験のない私は、そのたびに恥ずかしいようなくすぐったいような照れ臭い気持ちを味わっている。

「それにな」

そう言ってクラウスは、枕の下からなにやら手巾《しゅきん》を取り出した。

「それは……」

これには私も大いに驚かされた。なぜならそこにあったのは、私が以前指を刺して血でダメにした刺繍《ししゅう》が、手巾に仕立てられていたからだ。

血の染みは薄くなっているが、やりかけの刺繍がいかにも子供っぽく、顔から火が出るかと思った。

「俺はあの日、これを胸ポケットに入れていた」

耐え切れず、両手で顔を覆《おお》う。まさかそんなことをしていたとは。

「おかげで姉の爪は俺を跳ね飛ばしこそすれ切り裂くことはできなかった。同じように飛ばされた近衛《このえ》は、胸当てが真っ二つになっていたそうだ」

クラウスの言葉に、私はぞっとした。

もしクラウスがなんの備えもなしに跳ね飛ばされていたら、間違いなく命を落としていたことだろう。

クラウスの話に、伯爵は上機嫌でうんうんと頷いている。

「陛下も大層お喜びで、ぜひアビゲイル殿を王室に迎えたいと」

突然の言葉に、私もクラウスも手巾どころではなくなってしまった。

重ねた枕にもたれていたクラウスは、伯爵の言葉で飛び起きる。

「馬鹿《ばか》な！　アビーは俺の婚約者です」

「だがレオナルド殿下の方が年も近いだろう。ご本人もなかなかに乗り気なようだ」

クラウスが動揺しているのがおかしいのか、伯爵はにやにやと意地の悪い顔をしていた。

年の差のことを言われ、クラウスは悔しそうに口を閉じた。

普段は落ち着いた人なので、動揺しているとなんだか彼が幼く見える。

「アビー」

そんなことを考えていたからか、突然名前を呼ばれて私は面食らった。

「なんでしょうか？」

「お前は俺の妻だ。絶対に王家には渡さない」

伯爵の前で恥ずかしげもなくそう宣言され、今度は私の方が黙り込んでしまった。

「見せつけてくれるな」

「そもそもあなたがおかしなことを言うから」

「私は陛下のご意向を伝えたまで。痴話喧嘩《ちわげんか》に巻き込まないでくれ」

「痴話喧嘩!?」

興奮しすぎたのか、起き上がろうとして呻《うめ》いていた。助かったとは言っても骨はしっかり折れていて、医者には安静にしているようにと言われているのだ。

「クラウス様！」

あの日無事に助かったものの、倒れて身じろぎ一つしなくなったクラウスを見て、心臓が凍る思いだった。

彼が目覚めなかったらどうしようと、泣いてしまったのは内緒だ。

「やれやれ。これ以上いては病人にもよくないな。せいぜい婚約者殿に甘えて養生することだ」

伯爵はそう言うと、大きなお腹をゆすって部屋を出て行った。見送りについて行こうとしたのだが、手で制されてしまった。

「あなたはクラウスについてやってください。あいつが女性にあそこまで気を許している様を、私は初めて見た」

戸惑う私に、伯爵はウインクをして去っていった。流石《さすが》に言葉通り屋敷内で一人にはできないので、心得たように廊下にいたロビンが彼につきそう。

二人きりになった室内には、妙な空気が漂っていた。私は先ほどクラウスが呻いていたことを思い出し、寝台に歩み寄る。

クラウスは気まずいのか顔を背《そむ》けていた。

気まずいのは私だって同じだ。

やがて観念したのか、クラウスはゆっくりとこちらを向いた。

立っているままではなんなので、先ほどまで伯爵が座っていた椅子《いす》に私はゆるゆると腰を下ろす。

クラウスはおもむろに手を伸ばすと、私の頬《ほお》に触れた。あたたかい手だった。

「聖女か何か知らないが……」

「はい」

「お前は俺の妻だからな」

いじけたように呟《つぶや》くクラウスは、今までで一番身近に感じられた。

恥ずかしいのに、跳び上がりそうなほど嬉《うれ》しい。この気持ちを一体どうやって言葉にすればいいのだろう。

「だからこれからはずっと、俺の傍《そば》にいてくれ」

もう逃げなくていい。

父に自由になれと言われてどうしていいのか分からなかったけれど、クラウスの傍にいればいいのだと分かり安心できた。

ただ謝罪に来たはずが、まさかこんなことになるなんて。

「喜んで。旦那《だんな》様」

頬に当てられた手に自分の手を重ねると、怖い顔をしていたクラウスがようやく嬉しそうにほほ笑んだ。

あとがき

このたび、Dノベルfからの二作目となる『婚約破棄の十八年後～不遇の娘は冷血公爵の心を溶かす～』をお手に取っていただき、ありがとうございます。

とても素敵なイラストを描いてくださったカズアキ様をはじめ、関わってくださったみなさまに深い感謝を。

おかげでとても素敵な本になりました。

ちなみにこの本の執筆中、肘《ひじ》が痛くなったため机につけるタイプの肘置きと、リストレスト付きの大型マウスパッドを買いました。

結果かなり改善したので、パソコンに向かう時間が長い方にはおすすめです。

肘が痛いせいか手に力が入らず、お気に入りのマグカップや醬油《しょうゆ》用の小皿を落として割りました。特に小皿は醬油を入れるとムーミンが浮き出る仕掛けのあるお皿で、かなり凹《へこ》みました。

ちなみに肘が痛くなったのは仕事のせいだけじゃなくて、ゲームのせいのような気もします。スローライフ系のゲームが大好きで、気づくと畑を耕したり採掘したりしています。

最近ハマったのはサンドロックというゲームで、廃品をリサイクルして色々な物を作り、砂漠の街をよみがえらせるというストーリーです。

思った以上にボリュームがあり、百時間プレイしているのにメインストーリーが終わりません(仕事しろ)。

恋愛要素もあるのですが、異性同性共に攻略可能なため意図せず恋愛イベントが起きたりと楽しいです。

ただ、ゲームや仕事に集中しすぎると飼い猫がマウスを持っている右手にすり寄ってくるので、かなりスリリングなプレイになります。採掘中などは問題ないのですが、戦闘中にやられると悲惨です。

何度机から下ろしても上がってくるので、机に上がれないように対策した方がいいのかもしれません。

それでも好きにさせているのは、結局可愛《かわい》いからなんですけどね。

うちにいるのは長毛猫が二匹なので、季節の変わり目になると家中抜け毛が舞うことになります。いくら掃除しても追いつきません。

どちらも茶白の猫なので、黒や濃い色の服は着れなくなりました。猫飼いの宿命ですね。

ブラッシングをこまめにした方がいいのは分かってるんですが、嫌がるのでなかなか難しいです。

動画とか見てると、よろこんでブラッシングさせてくれる猫さんもいるらしく、とても羨《うらや》ましいです。二匹とも嫌がるということは、単に私が下手《へた》なのかもしれませんが……。

実家で犬も飼っているのですが、猫を飼い始めてからすっかり猫の魅力にやられてしまいました。

今は犬も猫もどちらも好き。ＹｏｕＴｕｂｅの履歴は犬猫動画でいっぱいです。

好きな物を脈絡なく書き連ねてしまいましたが、この本も誰かの『好き』になれれば幸いです。

それではまたどこかで、お会いできるのを楽しみにしております。

柏　てん

ダッシュエックスノベルfの既刊

Dash X Novel F 's Previous Publication

『時計台の大聖女は婚約破棄に歓喜する 2』

糸加

イラスト／御子柴リョウ

回り出した運命の歯車はヴェロニカとエドゼルに幸せな未来をもたらすのか——!?

時計台に祈りを捧げ、特別な力を扱う大聖女。その力を開花させた公爵令嬢ヴェロニカは、王太子エドゼルと新たに婚約することになる。婚約披露パーティーでの発表で場が祝福に包まれる中、急に王妃ウツィアが二人の婚約に反対すると宣言。その後もヴェロニカに嫌がらせを続ける。しかしヴェロニカとエドゼルはその仕打ちに動じることなく、研究者のユゼックと共に大聖女と時計台について理解を深めていく。一方、一度は投獄されながらも逃げ出したフローラと元副神官ツェザリはヴェロニカを陥れるための陰謀を企てており……！

Dノベルf ダッシュエックスノベルfの既刊

Dash X Novel F 's Previous Publication

『末プレイの乙女ゲームに転生した平凡令嬢は聖なる刺繍の糸を刺す 2』

西根 羽南

イラスト／小田 すずか

刺繍好きの平凡令嬢×一途な美貌の王子の
焦れ焦れラブファンタジー、待望の第二弾!!

王子二人が私にプロポーズ——これは世に言う修羅場なのでは!?乙女ゲーム「虹色パラダイス」の世界に転生した子爵令嬢エルナ。既にゲームは終了後だったと安堵する間もなく、美貌の王子グラナートに告白されて悩むことに。しかも「虹パラ」には続編があるようで……。領地では変装した友好国の王子にプロポーズされ、学園ではグラナートを慕う大国の王女に嫌がらせをされ、パーティーでは襲撃事件が起こり友好国とは戦争の危機!?国を揺るがす大事件に巻き込まれながらも、エルナは自身が持つ聖なる魔力と向き合い成長していく。そうして気付いたグラナートへの本当の気持ちは——?

ダッシュエックスノベルfの既刊

Dash X Novel F 's Previous Publication

『妄想好き転生令嬢と、他人の心が読める攻略対象者 2 ~ただの幼馴染のはずが、溺愛ルートに突入しちゃいました!?~』

三日月さんかく

イラスト／宛

エッチな妄想もつつ抜け!? 〈妄想お嬢様×エスパー美少年〉の笑撃ラブコメ、笑いも甘さも2000%の第2弾!

健全な乙女ゲーム『レモンキッスをあなたに』の世界で、モブキャラに転生した私・ノンノ。エッチな妄想に胸をときめかせる日々の中、他人の心が読めてしまう幼馴染・アンタレスから求婚され、婚約まですることに！　ただの幼馴染だったアンタレスに恋心を自覚してからというもの、超絶美形な彼にドキドキさせられっぱなし。ついに憧れだった初キスまで交わし、その先に思いを馳せるけど——ここは健全な乙女ゲームの世界だからその先は……強制終了!?　一方のアンタレスは、そんな私の気持ちを知りつつもグイグイ迫ってきて——。

『ド真面目侍女の婚約騒動！2
～無口な騎士団副団長に実はベタ惚れされてました～』

柏てん

イラスト／くろでこ

堅物ヒロインと不器用騎士のジレ甘ラブストーリー第2巻！

一連の婚約騒動の後、職場へ復帰した侍女のサンドラは、恋人で騎士団副団長のイアンから姪・クリシェルの教育係をしてほしいと依頼を受ける。クリシェルは隣国の王子の婚約者候補になったが、わがままで幼い性格のために今まで幾人もの教育係をクビにしてきたそうで…。大好きなイアンをサンドラに奪われたと思っていることもあり、一筋縄ではいかない様子のクリシェル。

しかし、サンドラの誠実で優しい対応によって次第に二人は打ち解け、仲を深めていく。そんなある時、クリシェルの隣国訪問が急遽決定！ イアンが護衛につき、サンドラも同行することに。婚約相手である王子のユーシスと無事に会うことができ、順調に見えた訪問だったが、そこには政情不安な隣国の陰謀が渦巻いていて…。

Dノベルf

婚約破棄の十八年後
～不遇の娘は冷血公爵の心を溶かす～

柏 てん

2024年6月10日　第1刷発行

★定価はカバーに表示してあります

発行者　瓶子吉久
発行所　株式会社　集英社
〒101－8050　東京都千代田区一ツ橋2－5－10
03(3230)6229(編集)
03(3230)6393(販売／書店専用)　03(3230)6080(読者係)
印刷所　株式会社美松堂／中央精版印刷株式会社

ISBN978-4-08-632023-8　C0093

作品のご感想、ファンレターをお待ちしております。

あて先

〒101－8050　東京都千代田区一ツ橋2－5－10
集英社ダッシュエックスノベルf編集部　気付
柏 てん先生／カズアキ先生